Je suis née à Maroilles dans le Nord de la FRANCE
le 15 mars 1963. Dés mon enfance, je suis attirée par
le monde de la comédie. Agée de douze ans, je découvre
le monde du cinéma en qualité de figurante où je rencontre
quelques personnalités. Bien des années plus tard, je tente à
nouveau de percer en intégrant une association de théâtre
amateur mais ce rêve n'est que de courte durée.
Après des années vécues dans la précarité et l'anonymat,
c'est en 2015 que je trouve enfin l'opportunité de pénétrer
le monde des artistes par la littérature, et je crée ce premier
ouvrage "un amour hors du commun".
Pendant plus de sept ans j'ai vécu envers un homme une
passion amoureuse qui était uniquement spirituelle.
En associant des épisodes de vie réels à d'autres purement
imaginaires, je vous livre avec émotions une partie de mon
passé et une autre, que j'aurais tant voulu connaître.

LOMBART Mireille.

MIREILLE LOMBART

UN AMOUR HORS

DU COMMUN

2015, Mireille LOMBART
Editeur : BoD - Books on demand,
12/14 rond-point des Champs Elysées, 75008 Paris,
Impression : BoD – Books on demand, Allemagne,

ISBN : 978-2-3220-4057-5

Dépot légal : septembre 2015

Mireille LOMBART

UN AMOUR HORS

DU COMMUN

EDITION : BOD – BOOKS ON DEMAND

UN AMOUR HORS DU COMMUN.

De fin 1993 à 2015 cette histoire était enfouie à l'intérieur de moi, et là je me réveille. Je suis animée par une irrésistible envie qui me pousse à créer et à vous dire haut et fort ce message : L'amour, le vrai, cet amour pur que j'ai vécu, était bien plus beau que tout ce qui peut se vivre dans ce monde moderne. Aujourd'hui, bon nombre de personnes ne vivent que pour le plaisir du sexe, sans états d'âme ni de cœur ! Même si on a semé des obstacles sur ma route, rien ni personne n'a pu m'empêcher de vivre cette passion. A travers cet homme qui m'est cher, j'ai vécu un amour spirituellement, j'ai été inspirée et amenée à vivre sans sa présence. Depuis des années j'ai laissé les cahiers de mon imagination et de cette drôle de vie dans le placard, je ne relisais jamais mes écrits.

Mon fils venant de partir en vacances, je me suis retrouvée seule. Plus libre, je disposais donc de beaucoup plus de temps et, par la magie des choses, j'ai eu un déclic ! J'ai téléphoné à Paul. Je lui ai raconté un peu ce que j'avais vécu, je lui ai lu quelques poèmes de proses et finalement, je lui ai confié ce qui m'était arrivé à la cité de Carcassonne. Brisant la discussion sans savoir pourquoi, je lui ai soudainement demandé d'aller sur internet faire une recherche sur les deux puits de la cité de Carcassonne. Il me rend ce service puis me raconte que le grand puits a une légende, je lui demande de m'écrire l'histoire sur le papier qu'il me remet le lendemain.

Je retourne chez moi et je lis, je relis, je relis à plusieurs reprises. C'est étrange et je repense à mon histoire vécue en 1993.

Je téléphone à Paul et je lui dis ceci :

- Paul, je veux créer mon histoire, pourrais-tu s'il te plaît me la taper sur ton ordinateur ?

Après avoir entendu pendant plus de deux heures trente mes écrits et mes proses, il me répond qu'il accepte avec grand plaisir.

Depuis des années j'avais laissé mes écrits en sommeil et je ne disais plus rien. Cependant, au fond de moi, quelque chose m'incitait à reprendre, il fallait que je la crée cette histoire.

Est-ce du à la légende du puits ? Est-ce du à autre chose ?

Je suis bien consciente maintenant que je n'étais pas celle que l'on disait, mais plutôt celle qui était destinée à vivre un amour spirituel, hors du commun.

Je suis originaire du Nord, née à Maroilles en 1963. Issue d'une famille ouvrière composée de quatre enfants, j'ai mené une vie normale, sereine, durant mes dix premières années. Une existence simple, avec toutefois peu de contacts avec l'extérieur hormis ceux que nous avions avec notre arrière grand-mère Marcelle Maréchal et sa sœur Marguerite. Ma grand-mère était adorable et gérait une grande ferme où il y avait des poules, des canards, des lapins, des porcs, des oies... Elle était très maternelle et nous communiquait son savoir-faire. Par exemple, le tricot et le crochet qu'elle nous enseigna nous permit de savoir construire de par nous-mêmes des pulls, des chaussons... pour notre plaisir personnel. Tout comme dans l'art culinaire où elle nous a appris à faire des tartes, des gâteaux, des plats cuisinés... Nous allions ainsi ramasser des champignons de pâtures et cueillir des fruits (des pommes, des mures...) que nous transformions ensuite en compotes et confitures. Un jour, avec mon frère nous sommes passés par la carrière de Dompierre et, en marchant sur le sol où traînaient des ferrailles, j'ai trébuché et je me suis blessée au pied gauche. J'ai saigné mais je n'en ai rien dit à mes parents.
Le lendemain, mon pied avait doublé de volume et ma mère a fait venir le médecin. Pour éviter le tétanos, j'ai eu une série de piqûres. Pas drôle ! A part quelques petits soucis de ce genre, nous n'avons gardé que des bons souvenirs de ces première années.
J'étais une enfant plutôt introvertie. Mes loisirs se résumaient aux tours de parcs en trottinette que mon père avait fabriqué, aux parties de billes et à de rares accès aux émissions télévisées.
J'allais également au catéchisme et aux messes les dimanches.
Très timide, réservée, j' étais très proche de mon frère et de mon arrière grand-mère mais distante avec le voisinage tout comme avec mes sœurs et les autres membres familiaux.
Avant de m'endormir, pendant de longs moments, j'avais pour habitude d'observer le ciel pour regarder les étoiles.
Une nuit, à quelques centaines de mètres d'où j'étais, j'ai aperçu

trois lumières figées dans l'espace. J'étais intriguée et j'ai observé attentivement ce qui se passait. Cet étrange phénomène a duré plus d'une heure et s'est reproduit trois nuits consécutives, à peu prés aux mêmes moments. Le quatrième jour, dans l'après-midi, alors que je m'amusais dans le jardin, ma voisine m'a dit en criant :

- Mireille ! Regarde dans le ciel ! Il y a une soucoupe....

J'avais lèvé la tête aussitôt mais il n'y avait rien, l'objet vu par la voisine s'en serait allé à une vitesse incroyable. Je me sentais libérée qu'une autre personne avait vu quelque chose d'inexplicable et je lui ai confié ce que j'avais vu les trois nuits précédentes. Le secret a été gardé et uniquement partagé avec mes proches et ma voisine. Même si par la suite je n'en ai plus parlé, on ne peut pas oublier ce genre de choses.

Avril 1974. En raison du décès de notre chef d'état, mon père demande à l'employeur de ma mère un congé à titre exceptionnel. En raison de ce deuil national, il ne met pas à l'école ce jour-là et il me prend avec lui en voiture. Comme le port de la ceinture de sécurité n'est pas obligatoire à cette époque, je ne la met pas. Arrivés à hauteur du pont du « capitaine d'avesnes », c'est l'accident ! Sans protection, le choc extrêmement violent me propulse vers l'avant, mon visage se trouve encastré dans la boite à gants, la langue coupée par l'impact. Je suis transportée en urgence à l'hôpital d'Avesnes/sur/helpe. On me fait de multiples points de sutures partout sur le visage. Arrivée dans une chambre, je reprends mes esprits et je me regarde dans un miroir. Prenant conscience de mon état en voyant tous ces fils, je voulais dormir et ne plus me réveiller, ce qui arriva puisque je sombrai dans un coma qui dura quatre jours. Pendant cette phase de sommeil accidentel, j'ai entendu mon arrière grand-mère qui m'a dit : »Tu dois revenir et rester avec nous ma petite fille, reviens ». Je la percevais faisant des prières. Sous perfusion je me suis rétablie peu à peu.

Mon hospitalisation a duré huit jours puis je suis rentrée à la maison. Par la suite je reprenais le chemin de l'école.

Un individu méprisable se moquait de moi en raison de mes

cicatrices et me traitait régulièrement de balafrée. J'étais blessée à la fois physiquement et psychologiquement. Avec le temps, les moqueries ont cessé.

En 1975 alors âgée de douze ans, j'ai été figurante dans un épisode de la série « les peupliers de la prétentaine ». Je me souviens avoir joué avec le chapeau de Georges Marshall à l'église de Dourlers, en attente d'une répétition. Dans un autre tournage, il y avait un mariage et l'épouse s'en allait dans un carrosse avec les enfants d'honneur assis à l'arrière. En qualité de simple figurante, je voyais partir le carrosse et, jalouse, je me disais:« quelle chance ils ont de pouvoir jouer !». Comme je les enviais !

Jusqu'à l'âge de quatorze ans tout allait bien, puis, à nouveau, c'est l'enfer ! Mon père buvait parfois des alcools et lors d'états d'ébriétés il me frappait. Cette violence envers moi a duré durant plus de quatre ans ! Vers l'age de quinze ans, mes parents se sont rendus en voiture à la plage de fort-mahon, je les ai accompagné sur ma « Suzuki » bleue. Nous n'étions là que pour quelques jours mais mon père avait tout de même loué un appartement de location. Nos loisirs étaient principalement des promenades, des discothèques et surtout, des baignades en mer.

Ces courtes vacances vite terminées, nous commnencons le retour de nuit pour regagner le nord. En cours de route, j'aperçois soudainement une immense lumière dans le ciel, d'une intensité éblouissante, qui se déplaçe lentement durant quelques secondes puis disparaît à une vitesse incroyable. Sur ma Suzuki, je fais signe de la main à ma mère afin qu'elle arrête sa voiture. Je lui demande si elle a vu la même chose que moi, elle me répond par l'affirmative mais mon père, mon frère et mes sœurs dormaient et n'ont rien pu voir.

Quelques heures plus tard, nous sommes de retour à la maison, la vie quotidienne reprend. Ni moi ni ma mère n'évoquerons ce phénomène par la suite. Il n'y a pas beaucoup de fêtes à Leval et ses environs, à part un bal de temps en temps, les fêtes foraines... Nous allions parfois au bal accompagnés de nos parents à Cartignies, à Marbaix et à Avesnes.

Un jour lors d'un bal à Cartignies, il y a eu une sélection pour choisir celle qui porterait le plus beau chapeau. On devait le construire nous-mêmes. J'ai été élue deuxième dauphine, j'étais heureuse. Les jeunes filles choisies représentaient les trois reines du jour. Pour l'occasion, nous nous sommes retrouvées dans un char fleuri à l'occasion du défilé à Wignehies. Lors d'un de ces bals j'ai fait la connaissance d'un jeune homme qui s'appelait Nicolas. On s'est vu à plusieurs reprises et nous avons flirté quelques temps. C'était une amourette de jeunesse. On s'est perdu de vue.

A seize ans, nous avons déménagé et nous sommes allés nous installer dans le Roussillon, à Montesquieu.

Ce n'est qu'à l'âge de dix-sept ans que j'ai trouvé la force de réagir face aux violences que j'avais subies. Lors d'une tournée de bars qu'il affectionnait particulièrement, mon père m'a contraint de l'accompagner. Au moment où il décida de retourner à la maison, je me suis dit : Stop ! J'ai refusé de monter dans sa voiture par peur d'être battue. Ayant aperçu une gendarmerie, je me suis mise à courir pour m'y mettre à l'abri. J'ai raconté mes craintes, les gendarmes lui ont parlé et le cauchemard s'est arrêté pour moi. J'ai bientôt dix-huit ans, je suis libre de parler, me promener, sortir à la plage, dans les discothèques... ma vie est transformée !

Pour gagner un peu d'argent je fais les vendanges et par la suite quelques semaines de travail saisonnier dans les fruits et légumes. Ayant des revenus, je suis indépendante. Libre de faire ce que je veux, je vais visiter Port-Vendres, je prends du plaisir à regarder tout ce qu'il y a autour de moi dont des marins sur leurs bateaux, la mer, la vue des montagnes au loin, le fort... Tout en marchant, je vois au loin un charmant garçon, je poursuis ma route jusqu'à ce que je me retrouve sur une place où il y a un manège.

A plusieurs reprises, j'entends une chanson de Sylvie Vartan qui chante « Nicolas ». Autour de moi, je côtoye des jeunes et, en me retournant, j'aperçois à nouveau le jeune homme que j'ai croisé quelques instants plus tôt. Je ne sais pas encore pourquoi aujourd'hui, j'ai osé m'avancer vers lui, c'était plus fort que moi, il fallait que je lui parle. Je lui ai dit :

- Tu t'appelles Nicolas ?

Le garçon m'a dit oui et m'a demandé comment je m'appelais.

Je savais que ce n'était pas le Nicolas que j'avais connu jadis qui lui était du Nord et connaissait mon nom et mon prénom.

Ce qui m'avait poussé à l'aborder... ses yeux qui reflétaient la lumière, ses longs cils, ses sourcils et sa bouche très attirante à mon goût : c'était le coup de foudre ! Quand nous nous parlions, il répondait avec un accent, je ne comprenais pas certains de ses mots. Il avait une peau très typée et les cheveux très courts. Je lui ai demandé ce qu'il faisait à Port-Vendres ?

Il m'a répondu qu'il était militaire, en repos à la caserne pendant huit jours et qu'ensuite il retournait à Marseille. Nous étions tous les deux comme envoûtes, très amoureux, passionnés dés le premier jour de rencontre. Nous sommes allés main dans la main nous promener dans la ville et à un moment, nous nous sommes regardés les yeux dans les yeux et sans dire un mot nous nous sommes enlacés. S'est ensuivi un long, tendre et langoureux baiser qui me fit frémir tout le corps, je m'en souviens encore aujourd'hui. En fin d'après-midi, il m'a amèné avec lui devant la caserne et là, discutant avec des copains militaires, il s'est mit à parler une langue étrangère que je ne connaissais pas. Nous nous fîmes à nouveau un long baiser, il rejoignit ses copains et je suis retournée chez moi. En rentrant, je me suis confiée à ma mère et je lui ai dit que j'avais décidé de le revoir chaque jour avant son retour à Marseille. Durant ces quelques jours, nous avons passé beaucoup de temps en ballades. Lors d'une promenade, franchissant des voies ferrées et des vignes, nous sommes arrivés au fort Mailly où nous avons passé plusieurs heures, toujours enlacés et aussi amoureux.

La journée terminée, nous sommes redescendus du fort. Comme je le voyais fouiller dans ses poches, je lui ai demandé ce qu'il cherchait. Il m'a juste répondu qu'il avait perdu quelque chose.

Il est reparti au fort et lorsque jai fait quelques pas pour le rejoindre il a refusé. Une demi-heure plus tard, il est redescendu et m'a dit qu'il n'avait pas retrouvé l'objet...

J'ai compris que cet objet égaré avait une grande valeur pour lui.

C'était le dernier jour de son séjour à Port-Vendres.

C'était plus fort que moi, je lui ai demandé de dormir avec lui.

Il était d'accord à condition que nous nous faufilions discrètement pour arriver à la chambre commune. Il y avait plusieurs lits dans celle-ci, et quelques militaires qui s'étaient réveillés. Il m'a dit qu'il préférait que nous allions dormir à l' hôtel .

Avant de nous diriger vers ce lieu, nous avons passé quelques heures en discothèque. Il était assis à me regarder danser et je vis dans son regard que quelque chose n'allait pas, sûrement l'objet perdu. De ce fait, nous sommes partis avec ma Suzuki, je conduisais, et il me tenait par les hanches, je sentais sa bouche chaude sur mes épaules, j'étais aux anges. Arrivés à l'hôtel, il me révéla quelque chose de singulier et me dit :

- Je suis quelqu'un qui voyage beaucoup, je suis allé à Tahiti où j'ai rencontré un très vieux sorcier qui avait une grande barbe blanche... Je me souviens qu'il m'avait conduit dans un lieu où il y avait un arbre curieux et gigantesque. Il a exercé de la magie locale, il m'a demandé de grimper dans l'arbre et, tout en faisant des incantations il m'a dit que je rencontrerai bientôt la femme de ma vie. Il m'a précisé qu'aucune relation sexuelle ne devait avoir lieu au moment de la rencontre. Ensuite, il m'a donné une lettre et une bague en m'indiquant que je devais toujours la garder sur moi et ne montrer la lettre à quiconque.

Poussée par la curiosité, j'ai insisté pour lire cette lettre mais il m'a dit qu'il ne pouvait pas. Il a fini par céder et me laissa la lire mais je n'ai rien compris à ces mots, c'était en langue étrangère. Alors je lui ai parlé de l'objet perdu et il m'a confirmé que c'était la bague reçue par le sorcier, je lui ai donc dit:

- C'est étrange ce que tu me racontes.

Il m'a répondu :

- Surtout, n'en parles à personne.

Nous nous sommes endormis enlacés. Le matin au réveil, je me suis lèvée la première et je me suis préparée. Il s'est réveillé un peu plus tard. Je lui ai dit que je devais partir, que ma mère n'était pas au courant de cette absence si longue et qu'elle devait surement s'inquiéter. Il s'est lèvé et, entouré d'un drap à la taille il s'est rendu prés de la fenêtre. Il m'a dit de venir puis m'a mis le rideau sur la tête comme s'il me voyait en mariée.

J'ai repensé à ce qu'il m'avait raconté du sorcier, de l'objet perdu, de la lettre lue, et j'ai senti que cette relation n'aboutirait pas.

Puis Nicolas m'a dit :

- Demain je pars à Marseille.

- Si tu veux je viendrai te chercher pour aller à la gare.

- D'accord, je t'attendrai.

Nous nous sommes quittés chacun de notre coté, après un dernier baiser empli de tendresse et de passion.

Arrivée chez ma mère, elle m'a demandé en hurlant :

- Où as-tu passé la nuit?

- J'étais avec ce jeune militaire dont je t'avais déjà parlé, nous avons passé la nuit ensemble à l'hôtel.

Je lui ai raconté toute l'histoire de Nicolas alors que j'aurais du la garder pour moi seule. J'ai profité de ces confidences pour lui demander :

- Pourrais tu m'amener en voiture à Port-Vendres pour chercher Nicolas et le conduire à la gare de Perpignan ?

Après un temps d'hésitation, elle a fini par accepter et nous sommes partis le chercher. Arrivés à la gare de Perpignan, je lui ai avoué que j'avais raconté son secret à ma mère.

Il m'a répondu :

- Alors sûrement que nous ne nous reverrons plus !

Avant son départ, nous nous fîmes un dernier baiser. Dés qu'il est monté dans le train, j'ai emprunté le mouchoir de ma mère et avec celui-ci, j'ai fait des signes de la main pour lui dire au revoir. Avant cette séparation, il m'avait donné l'adresse de la caserne pour que nous puissions communiquer. Je lui avais dit que j'adresserai les courriers sous le pseudonyme de Nicolas W... et qu'il devrait s'arranger avec le vaguemestre pour les recevoir.

Alors que je venais de quitter ces années difficiles passées avec mon père, ces quelques jours d'aventures avec ce militaire se laissant appeler Nicolas m'ont redonné le plaisir, le bonheur et la joie de tout ce qui est beau et bon dans la vie... Enfin, j'étais heureuse, mais quelque part au fond de moi, j'avais la quasi certitude que l'on ne se reverrait plus.

«   Souvenirs.

On est allé à l'hôtel,
On a ri et parlé beaucoup,
Le rideau sur la tête
Tu me voyais en mariée,
J'y croyais tellement,
Tu t'en es allé sans que je sache pourquoi,
Pourquoi m'avoir fait croire,
Je prie pour te retrouver,
L'espoir fait-il la réussite ?
De mon succès de cette histoire,
Les années passent,
La mélancolie l'emporte,
Si tu m'écoutes, peux-tu te souvenir ?
Perdre notre amour me paraissait impossible,
Tu étais ma joie de vivre,
Moi qui pense encore à toi, peux-tu y croire !
Je ne peux supporter ton absence,
Tu étais beau comme un ange,
Ton visage, tes longs cils,
Ta bouche sensuelle et ton regard éblouissant,
Comment oublier, je ne peux, tu étais mon amour,
Tes yeux remplis de lumières m'ont ébloui,
Tes mains entre mes mains,
Je sentais l'amour passer,
Tous-deux ensemble, le bonheur est né,
Sans une parole, on se parlait avec nos yeux,
Enlacés, nous nous embrassions longuement. »

Quelques semaines se sont écoulées, je dis à ma mère que j'allais
vivre ailleurs, en solitaire. Je me suis donc installée à Perpignan
où j'ai retrouvé un emploi de même type à Montesquieu (fruits et
légumes). A cause d'un passé difficile, je n'avais pas pu bénéficier
d'une éducation scolaire comme les autres. De ce fait, sans
diplôme, je ne pouvais avoir des emplois plus intéressants.
J'ai reçu plusieurs lettres de Nicolas auxquelles il me répondait.

Sur la dernière reçue, il m'apprenait qu'il avait terminé son service militaire et qu'il allait venir me rejoindre à Perpignan.

En attendant son retour, ma mère m'a amené au Perthus, en frontière espagnole. J'y ai acheté une bague, une chaîne et une gourmette. Pour moi c'était un profond geste du cœur. Au fil du temps, les nouvelles se sont éteintes.

J'ai attendu. Des jours, des semaines se sont passées mais en vain. De colère, j'ai vendu à prix de misère les bijoux et j'ai déchiré toutes ses lettres. J'ai pleuré pendant de longues heures, nous ne nous sommes jamais revus !

Quelques mois se sont écoulés, ma tristesse s'atténuait bien qu'il était toujours dans mon cœur, dans mon esprit.

Malgré ce mal que j'avais à l'intérieur de moi, la vie continuait. J'ai trouvé du travail à Saint-Charles où j'ai fait la rencontre de José. C'était un portugais, petit, aux cheveux mi-longs frisés. Il était courageux et faisait preuve de beaucoup de gentillesse avec moi lors de nos discussions. Nous allions en bandes en discothèques, et il me courtisait. Avec le temps, nous nous sommes installés ensemble.

Il m'a expliqué qu'il ne pouvait pas rester en France car il était clandestin. J'ai laissé mon appartement pour partir avec lui au Portugal. Il m'avait faire croire qu'il avait une maison avec le confort matériel. Arrivés à Ta-verra de concessio, quelle ne fut pas ma surprise de constater les lieux ! C'était une vieille maison à la montagne, dépourvue d'eau courante et d'électricité. Nous buvions soit de l'eau en bouteille soit de l'eau de pluie filtrée, pour les autres utilisations, c'était l'eau du puits. Pas de lumières autres que celles des bougies ou lampes à pétrole, pas de télévision...

L'alimentation se résumait en deux plats : de la morue aux pommes de terres ou des choux ou autres légumes du jardin.

La mère de José vivait de ses bêtes et ses légumes. Elle allait vendre ses produits au marché en prenant un âne comme moyen de transport. Parfois, elle me prenait avec elle pour faire la lessive. Nous partions avec le linge déposé sur l'âne pour arriver à la rivière où nous devions laver à la main, avec une planche et une brosse. J'ai également du travailler durement à la vigne pour un salaire miséreux. Heureusement, je pouvais avoir des plaisirs simples, comme celui d'aller à la plage de Faro, ou de me rendre chez des amis de José qui avaient le confort matériel, de l'eau, de l'électricité... En dehors de cet endroit où vivaient ses parents, c'était la vie moderne. Je ne comprenais pas leur langage.

J'en avais marre de cette vie de galère, et je voulais retourner en France, ce qui fut sujet de nombreuses disputes d'ailleurs. Je n'ai supporté qu'un mois ce style de vie et nous avons décidés de revenir en France. Il a trouvé très rapidement un emploi à Saint-Charles et nous avons vécu à l'hôtel quelques semaines. Ensuite, nous avons eu un appartement à Perpignan. Comme il était clandestin, il voulait se marier car il voulait avoir des papiers pour pouvoir rester légalement en France. Nous vivions ensemble et comme je désirais un enfant je ne prenais pas la pilule. Quelques mois plus tard, je suis tombée enceinte. Attendant un enfant, nous avons fait beaucoup de démarches administratives pour être autorisés à nous marier.

Le jour de notre union arrive. Il y avait mon frère, la sœur de José et son mari, ainsi que l'une de mes copines, Agnès. Nous n'étions que six ! J'étais vêtue simplement, juste une robe blanche ordinaire, pas de belle robe magnifique avec un long voile traînant des mètres à l'arrière et des enfants d'honneur pour le tenir, rien de tout ça ! Arrivés à l'hôtel de ville, étaient présents les seuls témoins possibles pour le mariage, mon frère et Agnès. Le maire arrive avec une adjointe et commence son discours. On arrive à la question finale, José dit :

- Oui.

Le maire me demande si je veux l'épouser.

- Non !

Le maire insiste et répète sa question en disant :

Alors, c'est oui ou c'est non ?

Tout doucement, j'ai dit un tout petit oui.

Pourquoi avais-je dit non ? Je pensais encore très fort à Nicolas, cet amour que j'avais toujours dans l'esprit. Nous sommes sortis de la mairie et nous sommes allés dans un petit restaurant !

Le repas était simple, une rapide entrée, un plat sans prétention, un dessert et c'était fini. Chacun est rentré chez soi.

Ah ! je me suis hâtée d'enlever cette robe blanche pour enfiler une tenue quotidienne.

Vous décrire le couple ! Je reste presque toujours à la maison, il travaille au noir comme magasinier, une routine ennuyeuse.

Les mois se sont écoulés. Enfin, je vais bientôt accoucher. Je me suis rendue à la clinique, tordue de douleurs au ventre, j'ai perdu les eaux et j'ai donné naissance à un tout petit bébé, une fille que j'ai appelé Céline. Elle a du être placée quelques jours en couveuse car elle ne pesait que deux kilogrammes sept cents.

Son père était présent lors de l'accouchement. J'étais seule dans une chambre particulière, José venait parfois me voir et nous allions voir Céline ensemble. J'ai pu avoir ma fille à la maison au bout de trois semaines. Je lui avais acheté un couffin avec de jolies dentelles, des petits jouets musicaux et toute la panoplie nécessaire à un nouveau né. J'étais jeune, c'était le premier. Je la traitais comme une poupée, comme une princesse que j'emmenais partout avec moi, dans les parcs, les magasins... j'étais heureuse ! José était toujours au travail, il n'apportait pas beaucoup d'attention à notre fille. Au fil du temps, il rentrait de plus en plus tard et découchait. Nous nous sommes disputés et il m'a raconté des bobards. Malheureusement pour lui il n'a pas pu me cacher ses infidélités. Il avait mal, mal... aux bourses. J'ai insisté pour l'accompagner chez le médecin et j'ai donc appris qu'il avait une maladie vénérienne. Même devant le docteur, sur de lui, il continuait à nier l'évidence, il m'avait trompé avec une femme. De ce fait je ne voulais plus de relations avec lui. J'ai demandé la séparation de corps. Un jour, il a insisté pour dormir à la maison. Il pensait que j'étais une conne ou quoi ? C'était trop tard. Il a du se contenter du canapé en solo. Le lendemain mâtin, il est reparti comme il est venu. Et puis d'ailleurs, je me souviens qu'un jour pendant une dispute, ce con m'avait pris la cheville et me l'avait tordu violemment. J'avais mal, des douleurs atroces ! J'étais allée en boitant chez le médecin et celui-ci m'avait envoyé chez un radiologue. On m'avait annoncé que j'avais une fêlure et que je devais porter un plâtre. Heureux le connard ! Il croyait que j'allais être bloquée chez moi avec le plâtre ! Eh bien non ! J'ai bougé, je suis allée en bus en bord de mer.

J'ai pris un couteau pour découper ce plâtre et toute l'après-midi je suis restée à tremper mes jambes dans l'eau de mer.

Je suis rentrée chez moi avec beaucoup moins de douleurs, quelques jours après j'étais quasiment guérie. L'autre croyait que j'allais être séquestrée avec le plâtre, ce ne fut pas le cas. Comme il était Portugais, il m'a fallu des années pour être divorcée.

Tant qu'il restait marié officiellement, il pouvait rester en France sans craindre l'expulsion. Il ne se présentait pas aux tentatives de conciliation, il était porté disparu jusqu'au jour où j'ai rencontré par hasard sa nouvelle compagne qui l'a poussé à venir officialiser la rupture de mariage. Comme il m'avait trompé, je n'avais plus envie de lui, je me suis pris un amant. Celui-ci m'a fait connaître ses amis et invité à manger ensemble une paella géante, faite maison. Nous avons eu plusieurs rapports sexuels mais au fond, ce n'était pas lui mon amour. D'ailleurs, nous ne vivions pas ensemble, après tout ce n'était qu'un amant et je m'en suis écartée rapidement.

J'ai continué ma vie avec ma fille. Je bénéficiais de l'aide de soutien familial car mon ex mari ne me versait pas de pension alimentaire. Je mettais ma fille à la crèche afin de pouvoir faire des travaux saisonniers pour des expéditeurs de fruits et légumes. Quand il n'y avait pas de travail saisonnier, je prenais l'initiative de vendre au porte à porte des tresses catalanes. Ce sont de longs gâteaux enrobés de crème pâtissière et recouverts d'une pâte tressée. Ça marchait bien le porte à porte. Pour vendre, je disais souvent avec un beau sourire : »Mon seul moyen de vivre, c'est de vendre mes tresses catalanes ! »

Et ça marchait ! Je n'avais ni chômage ni RMI, rien d'autre que mon courage et ma volonté pour subvenir aux besoins de ma fille et de moi-même. Un an plus tard, j'ai fait une rencontre, celle d'un italien que j'ai rencontré en discothèque. En peu de temps je me suis aperçue qu'il était sournois et vicieux, ça ne me plaisait pas d'être avec un mec qui allait sur les plages photographier les autres femmes. De plus, il a poussé le vice jusqu'à me faire voir des photographies d'autres femmes complètement nues sur son album personnel. Pour lui, il n'était pas normal que je puisse m'énerver envers lui, que je sois jalouse, et il réagissait violemment avec moi en me tirant par les cheveux, en me frappant par des coups de poings et des coups de pieds. Pour se rattraper, il revenait à chaque fois avec un bouquet de fleurs, comme si rien ne s'était passé. Après avoir reçu autant de coups, je refusais et jetais ses bouquets par terre. Notre relation a été courte et pénible. J'ai du fuir de Perpignan avec ma fille pour me réfugier chez ma mère. Quelques mois après je suis retournée vivre dans le sud, mes parents m'ayant demandé de laisser ma fille chez eux, que je pourrai la reprendre une fois bien installée. Quand j'ai voulu l'avoir avec moi, ils ont refusé de me rendre mon enfant.

J'en ai souffert pendant des années ! Je n'étais pas suffisamment forte à l'époque pour m'opposer à mes parents, je n'ai pas eu la volonté de déposer plainte. Après de nombreux allers et retours sans succès, j'ai poursuivi ma vie, seule. Par la suite, j'ai revu ma copine Agnès, avec laquelle j'ai partagé de nombreux moments de discussions. Elle avait beaucoup de copains qui venaient chez elle, et lors d'une soirée, elle m'a présenté à un jeune célibataire qui n'avait jamais connu les plaisirs de la chair. Nous avons fait connaissance et nous étions attirés l'un et l'autre, sans que ce ne soit le coup de foudre. Après plusieurs rencontres, j'ai invité André à venir chez moi. Au fil des discussions, je lui ai raconté mon histoire avec ce jeune militaire, je lui ai précisé que je ne l'oublierai jamais, que je gardais toujours l'espoir de le revoir un jour, même si par la suite nous devions avoir une relation plus intime. Avec le temps, nous avons eu des sentiments partagés, nous nous sommes aimés. Du mal-être de vivre sans ma fille, je désirais avoir un enfant avec lui. Il n'en voulait pas et ne se sentait pas prêt à être père. Ne prenant pas de protections, je suis tombée enceinte. Sa réaction était inchangée, il ne voulait pas d'enfant. Quand j'ai accouché, il n'était pas présent et on lisait en lui une forme de gêne de son propre fils. Sortis de la maternité, il a faillit faire tomber l'enfant de son couffin que j'ai rattrapé de justesse. Il ne lui a donné que très rarement le biberon et si peu de tendresse, les disputes furent donc nombreuses à cause de son manque de fibre paternelle. Presque tous les jours sa mère l'appelait pour qu'il aille la conduire ou faire autre chose, si bien que l'on n'était que rarement ensemble.

Il conservait un mode de vie de célibataire avec ses copains tandis que je faisais toutes les tâches ménagères, que je réglais les loyers et les factures. Il n'était pas fait pour la vie de famille. Un jour, nous avons décidé de confier Geoffrey chez sa grand-mère pour nous rendre à Lourdes. Sur les lieux, j'ai eu une impression étrange, de déjà vu, et je me suis rappelé que quelques mois plus tôt, j'avais fais un rêve dans lequel je voyais la maison en ruines de la Sainte Vierge Marie, dans un pays étranger.

Franchissant cet endroit sacré, André se sentit mal et a été obligé de partir, contrairement à moi qui était en osmose. Chemin faisant, j'ai touché la grotte de la Sainte Vierge Marie avec la main et aussitôt, j'ai eu un flot de larmes qui s'est écoulé sans raison.

Ma visite terminée, nous sommes rentrés en nous querellant violemment. Peu de temps après, j'ai fait plusieurs rêves mystiques. Dans le premier, je vis dans le ciel une forme indistincte et je compris tout en regardant qu'il s'agissait du visage de Dieu ! Je me suis réveillée. Dans le second, quelques jours plus tard, je vis l'image du diable m'apparaitre, il était cornu comme dans les légendes. Enfin, dans le troisième rêve qui m'a marqué, je me trouvais dans la cité de Carcassonne et je me vis dans le jardin de l'Éden, toute vêtue de blanc, avec une couronne sur la tête.

Ces rêves sont toujours restés dans ma mémoire comme étant des rêves symboliques, importants.

Au bout de deux ans de lassitude, en 1993, j'écoute la radio , j'entends une chanson populaire qui me touche et instantanément je crois reconnaître en la voix du chanteur celle de ce beau militaire. Perturbée, j'en parle à André et sans vraiment savoir pourquoi, il se crée une fracture entre nous. Il me devient indifférent et je me renferme dans la chambre. Je ne sors plus que pour faire les repas et m'occuper de mon fils. Plus de rapports intimes ... ou si peu.

Les jours défilèrent et, un soir je lui dis :

- Ce chanteur me rappelle quelqu'un, je sens qu'il va se passer quelque chose. Peu de temps après, je faisais un rêve de la cité de Carcassonne. J'étais face à une grande porte et une inconnue qui avait deux bouches me dit :

- Rentres dans la cité, ton amour est ici.

Je franchis les nombreux escaliers. Arrivée tout en haut, soudain, face à toutes les vitres, l'artiste est là et m'interpelle.

- Non ! N'y va pas, viens.

Je poursuis mon escalade et je remarque plusieurs personnes qui descendaient. J'aperçois un bourreau qui coupe des têtes d'êtres humains et jette les corps dans un énorme chaudron: c'est mon père !

Ce rêve m'a provoqué un déclic, j'étais soulagée, libérée en partie de toutes ces souffrances que j'avais connues avec lui.

Quel rêve étrange me suis-je dit ! Quelques jours s'écoulèrent dans la même atmosphère ... A cause d'André et de ses convictions, je n'avais plus la foi, mais c'était plus fort que moi, je ressentais une force qui m'incitait à parler à voix haute :

- Pardonnez-moi mon Dieu, si j'ai dit ou fait du mal, délivrez-moi de ce con qui m'a mis hors de moi, j'aimerais revoir ce garçon que j'ai tant aimé. Le père de mon fils m'a regardé et a compris la sincérité de mes propos. Je me décide ensuite d'aller acheter la cassette de ce chanteur amateur, Anthony, et je l'écoute sitôt rentrée chez moi. L'autre rentre de son travail, il entend la voix du chanteur et me dit :

- Jettes-moi cette cassette !

Je lui réponds:

- Non, je préfère entendre sa voix à la tienne, certaines de ses paroles me rappelle ce charmant garçon que j'ai connu à Port-Vendres.

Il ajoute :

- Non, Tu es folle.

- Non, je ne suis pas folle, fiche moi la paix, d'ailleurs tu n'as rien à faire d'être avec moi, tu m'as humilié, souviens toi, je t'ai dit qu'un jour je reverrai l'homme que j'aime !

- Mais non, ce n'est pas lui.

- Je n'en sais rien encore, mais çà ne m'empêchera pas de savoir !

Après cette dispute, je suis retournée dans la chambre écouter les paroles d'Anthony et je chantais très fort en même temps.

Avec mon fils ils me dirent:

- Mais qu'est-ce que tu as ?

Je n'ai pas répondu, mon fils est entré pour écouter avec moi quelques instants. Le temps passe, la discorde est régulière entre nous. Un jour, je prépare mon sac et je lui dis:

- Prêtes-moi ta voiture, je dois aller à Carcassonne voir Anthony.
- Non, tu ne l'auras pas.
- Tu vas le regretter.

C'était plus fort que moi, il fallait que j'aille à cette cité, alors que cet endroit m'était totalement inconnu. J'étais poussée à y aller depuis ce rêve étrange. Une semaine plus tard, à force de lui répéter que mon corps et mon âme ne sont pas destinés à lui, de lui demander qu'il parte et sorte de ma vie, il finit par faire ses bagages pour retourner chez sa mère. Il a tenté à plusieurs reprises de rattraper son erreur, de se réconcilier avec moi, mais j'avais la rancune et surtout, l'esprit ailleurs orienté vers cette cité que je devais visiter. Il m'a raconté qu'il était allé voir un sorcier.

Je lui ai demandé pourquoi mais il ne m'a pas répondu. Comme je ressentais que des choses s'exerçaient sur moi, un jour je l'ai suivi jusqu'à la demeure d'un marabout. Quand il fut sorti, je me suis présenté à ce monsieur et je lui ai demandé des explications. Celui-ci a confirmé mes doutes. Par la sorcellerie, il voulait que je lui appartienne à nouveau. Le sorcier m'a dit et promis qu'il arrêterait tout. J'ai fait savoir à Noël que je l'avais suivi et qu'il ne s'attende à rien de la part du marabout.

Notre dernier contact en commun fut lors des vendanges où nous partagions la même chambre mais l'amour était mort entre nous. Il a insisté une dernière fois à la fin des vendanges pour renouer notre relation. Je lui ai dit:

- Non, plus jamais ! Tu pourras revoir ton fils mais plus rien entre nous n'est possible.

J'étais sous l'emprise d'une force invisible. Mon fils ayant vu ses parents se déchirer, j'ai pris l'initiative de le faire suivre par un psychologue pour m'assurer qu'il n'en avait pas trop souffert.

Peu après les vendanges, je confie mon fils à une baby-sitter et enfin, je me rends en train à Carcassonne et je loue une chambre d'hôtel.

Juillet 1994 : Je me décide enfin à franchir l'enceinte de cette cité qui s'avérera troublante ! Durant la journée, je me ballade, je fais les boutiques, je me restaure, je suis seule et sereine.

La nuit tombée, toutes les lumières sont éteintes, je me promène dans les remparts puis je découvre une tour. Face à celle-ci, sans savoir pourquoi, je m'abaisse tout à coup et je ramasse sept cailloux. Je ramasse également une fiche publicitaire relative aux tortures pratiquées au moyen-age en cet endroit. En me relevant, j'aperçois un jeune homme plein d'entrain qui me dit:

- Qu'est-ce que tu fais ici ?

- C'est un rêve qui m'a guidé et amené à franchir la cité. L'homme que je dois rencontrer est ici, je le ressens, c'est lui qui me donnera ma force, ma foi et l'espoir. Je suis guidée par mon rêve. Il m'a dit de le suivre. En toute innocente, sans crainte de quoi que ce soit, je le suis et il me conduit d'abord à un puits. Là, il me propose de jeter une pièce à l'intérieur et ajoute :

- C'est la richesse.

Puis il m'amène vers un autre puits et il sort de sa poche un curieux objet creux. Il le plonge dans le puits comme lors d'un rituel et m'incite à boire le contenu. Je ne sais pas ce que j'ai bu d'autant qu'il n'y avait pas d'eau à ce niveau du puits, sans doute y avait-il déjà un liquide dans cet objet ! Quittant ces lieux, il m'amène face à la cathédrale Saint-Nazaire. Il reprend l'objet, me dit de le tenir avec deux doigts, de le retourner, et ses seuls mots furent :

- Incroyable !

Je lui dis alors :

- N'y aurait-il pas Anthony à la cité ?

Il ne me répond pas. La fraîcheur de la nuit étant, il se rend compte que je frissonne et me prête sa veste. Sans arrières pensées, il me demande où je dors. Je lui réponds :

- A l'hôtel.

Il me dit :

- N'aies pas peur !

Ensuite, il me raccompagne en me rassurant jusqu'à l'entrée, il récupère sa veste et il s'en va. Sur la pochette de la cassette du chanteur, je fixe le dessin et je suis stupéfaite ! Il représente exactement l'objet dans lequel le jeune homme m'a fait boire dedans je ne sais quoi. De ces événements bizarres que j'ai vécus, pas moyen que je dorme.

Le mâtin, après avoir fait ma toilette, je déjeune et je décide de reprendre la route pour Perpignan. Sur le chemin, quelque chose se produit... un peu comme une force qui me pousse à retourner dans cette cité. De plus en plus sous une emprise que je ne peux décrire, ma vie se trouve progressivement métamorphosée.
Revoyant le père de mon fils, je lui dis avec ironie :
- Voilà ce qui m'arrive. Depuis que j'ai franchi la cité de la ville de Carcassonne, une force invisible me fait écrire.
Je ne lui en dis pas plus. Je lui ai fait voir mon premier poème en proses. Après, je lui raconte :
- Depuis la cité, je me suis mise à pleurer, mes larmes ont coulé comme une fontaine et j'ai ressenti une douleur violente au niveau du cœur, serré par mon poing.
- Pourquoi as-tu pleuré le poing serré contre ton cœur ?
- Je pense que mon amour se trouve à la cité de Carcassonne.
Et puis je n'en sais rien pourquoi je ressens ça, c'est ainsi !
Malgré mon récit, il me propose de revivre avec lui. Je repousse à nouveau ses avances et il s'en va. A Perpignan, je me rends au bureau de recherche d'emploi. Après quelques recherches, comme je ne trouve rien, je m'oriente vers les formations pour adultes.
Je vois qu'il y en a une qui m'intéresse. Je m'inscris et quelques semaines plus tard, je reçois une lettre de l'agence nationale pour l'emploi qui m'indique que je suis sélectionnée. Il s'agira d'une formation rémunérée d'aide soignante qui durera neuf mois.
Contente de ce courrier, je vais enfin obtenir mon premier diplôme. Sachant que j'aurai des cours et des stages, je vais au magasin m'acheter des crayons, des cahiers, une gomme ... de quoi pouvoir étudier. En attendant, la vie quotidienne continue.
La formation commence, nous sommes quinze femmes à la suivre.
Dés le début, c'est de la théorie, des cours où on nous enseigne les bases de l'hygiène etc. Dans le cadre de celle-ci, nous avons le privilège d'aller une fois par semaine au palais des congrès, ceci afin de connaître les premières ficelles dans l'univers du théâtre.
On nous apprend à jouer avec des masques, savoir retomber, être capable de marcher à plusieurs dans le noir, improviser une scène etc. J'interroge le professeur :

- Pourquoi jouer avec des masques ?
- Il y a très longtemps, le premier monde du théâtre était composé de voyageurs qui parcouraient les villes et les villages en roulottes. Quand ils arrivaient sur un lieu, ils jouaient les conflits de la vie quotidienne du citoyen moyen. Cela ne plaisait pas à tout le monde, ils portaient donc des masques pour se protéger des lancers d'œufs par les personnes mécontentes.
- Ah c'était ça le début du théâtre !
Il ne me répondit pas et poursuivit son cours.
Le professeur me trouve plutôt douée et m'incite à y aller plus souvent, les soirs, en compagnie d'acteurs professionnels.
Je prends contact avec le père de Geoffrey pour qu'il le garde mais il refuse. Je suis déçue car je pense que j'aurais percé dans l'univers théâtral. En dehors de la formation par contre, quand je suis chez moi je ne suis plus moi-même, un peu comme possédée. Pour la seconde fois de ma vie je prends le stylo et je compose à nouveau.

«   Métamorphoses-toi,

   Métamorphoses-toi,
Délivres-toi,
De ce mal en toi,
Guidée par les forces,
Ne te caches plus les traits de ton caractère,
Métamorphoses-toi, délivres-toi,
Tu as en toi une richesse qui n'ose pas,
Mais délivres-toi, celle qui sait,
Guidée par les forces du monde invisible,
Ne te caches plus.»

«   La vie.

J'ai cru en cet amour,
je me suis trompée,
l'âme c'est autre chose,
On n'oublie pas c'est pour la vie,

Toi son semblable, pourquoi ?
L'âme réveillée je me souviens,
A notre histoire sans lendemain,
Je veux savoir pour comprendre,
Ne m'en veux pas, tu n'y es pour rien,
La vie est faite ainsi,
Tu ne pourrais comprendre,
Ce que je vis depuis tant de temps. »

Perdue dans mes pensées je revoyais celui d'hier. Il était doux, gentil, mais jamais nous n'avons vécu ensemble, ce fut une histoire très courte mais intense. Peut-être qu'un jour un homme me donnera le bonheur et la joie d'être aimée pour ce que je suis, moi tout simplement. Pourquoi mon âme amoureuse est-elle ensorcelée pour un être que je ne connais pas ? Pourquoi l'avoir confondu avec un autre ? Mon Dieu il n'y a pour moi que de l'incertitude, j'en suis bien malheureuse ! Malgré cela il faut vivre. J'espère qu'un jour mes ondes l'atteindront et qu'il verra en moi l'amour que je lui porte.

Une force invisible m'oblige à poursuivre.

« - Mireille, sois positive avec toi même, ne juges plus que tu n'es rien, tu es bien plus, ne l'oublies pas. »

Que j'aimerais croire à cela, mais je n'ai rien ! Oh mon Dieu ! Aidez-moi, c'est trop dur de vivre ainsi. Amour de ma vie et de mes sens, écoutes-moi et délivres-moi de ce mur qui me laisse sans t'aimer, je t'aime follement dans mon imaginaire. Je le désire, me voudra t-il ? Bien souvent l'être est condamné à ne jamais aimer la bonne personne, je ne peux pas croire qu'il n'y aura rien. Si je pouvais avoir la lumière, je le retrouverais demain, j'en suis sure, dans un autre monde que celui-ci. Aurai-je le droit réellement de vivre heureuse ? De ma sagesse, serai-je reconnue pour ce que je suis ? Ce monde invisible comme je l'appelle, me conduira t-il à réaliser mes rêves ? Je pourrais être une femme comblée de bonheur et de joies. Mes années passées s'effaceraient.

Sois patient et surtout n'oublies pas mon existence. Oui je veux croire en nous ! Je suis navrée de ne jamais pouvoir t'aimer réellement, quelle injustice ! Toujours victime, même de l'amour. Tu sais, ce n'est pas de ma faute si je t'aime, les sentiments ne se contrôlent pas.

Nostalgique et toujours sous emprise, l'écriture automatique se poursuit.

«   Toi.

    Toi qui ne sais rien ou presque,
    Toi qui m'as donné l'amour,
    Toi qui t'es détourné,
    Ne m'en veux pas je t'aime,
    Ma tristesse reste en moi, dans mon cœur et mon âme,
    Je croirai en toi, toi qui me donne l'espoir et le courage,
    Toi dont le cœur et l'âme m'ont laissé seule à jamais,
    Je ne dois pas sombrer dans la solitude,
    Mon cœur saignera toute ma vie,
    Cette blessure se refermera, avec le temps,
    Cet amour venu du monde invisible,
    Un amour magique me donnant l'envie de l'écrire,
    Toi le plus vrai à mes sens,
    Jamais je n'aurais du t'aimer. »

Eh oui ! A notre époque, beaucoup ne voient et ne comprennent même plus l'amour. Pour les autres, je ne suis pas normale d'aimer un homme sans sa présence. Je l'ai tellement en moi que je me refuse aux autres, d'ailleurs ça ne m'apporte rien les autres, je ne confonds pas le plaisir du sexe avec l'amour, ça n'a rien à voir. Le désir d'aimer corps et âme, c'est ça le vrai amour. Longtemps tu as été dans mon imaginaire, jamais je n'ai pu te parler mais par contre, je t'ai admiré, observé, écouté... Je voulais vivre une histoire avec toi, mais il n'en était pas de même pour toi. Je ne peux pas croire que tous les êtres humains n'aient ni cœurs ni âmes. Moi ma raison d'être c'est de vivre d'un amour incroyable, poétique, rêveries ... oui je préfère. Contrairement à beaucoup, pour moi ça a un sens. Oui je suis seule, indépendante, mais je préfère ça que d'être avec des gens qui n'ont pas d'état d'âme.

Ma formation se déroule bien. Après les cours, je prends contact avec Pauline. C'est une copine que je connais depuis l'âge de vingt-deux ans. Nous sortions assez souvent ensemble. Nous allions aux discothèques en bords de plages d'Argelès, il nous arrivait d'aller aussi dans les pubs de Perpignan. Nous allions également à la plage avec mon fils. Quand on ne se voyait pas, on se parlait durant des heures par téléphone, elle me raconta l'histoire de cet homme qui l'avait touché moralement et physiquement. Elle était follement amoureuse de lui. Avant de se marier à une autre femme, elle a refusé sa proposition de passer une nuit ensemble. Pauline n'a jamais vécu en couple, pas de conjoint, pas d'enfant. Peut-être ne se serait-il pas marié s'il l'avait connu plus tôt ? Elle m'a dit qu'ils avaient eu le coup de foudre l'un et l'autre. On s'est toujours tout dit. On allait aussi à la terrasse du flunch pour boire un verre ou manger une glace et on discutait longuement. On prenait plaisir d'aller en salle de musculation. Nous avons partagé bien des moments ensemble, puis chacune de nous retournait chez elle. Je prenais beaucoup de soin de mon corps, je faisais plusieurs heures de sport chaque semaine.
J'ai remarqué une varice sur mon mollet qui s'était souvent collé sur le tuyau d'échappement de ma suzuki et qui m'avait donné des brûlures que j'avais bien rarement soignées.
La circulation du sang était moins bonne à cet endroit. Comme j'étais un peu complexée de cete varice, surtout pour aller à la plage, j'ai demandé une intervention chirurgicale pour la faire disparaitre. J'ai confié mon fils à sa grand-mère paternelle.
L'intervention à l'hôpital n'a duré qu'une seule journée.
Le rhumatologue m'avait dit de ne surtout pas fumer avant l'intervention, bien entendu je ne l'ai pas écouté.
Après l'intervention, j'ai eu des problèmes et on a du me mettre sous assistance respiratoire. Ah si j'avais pas fumé, je n'aurais pas eu à subir tout celà. Je suis retournée dans ma chambre durant

quelques heures puis le père de Geoffrey est venu me chercher contre dédommagement. Je lui ai fait savoir que je n'avais pas d'argent sur moi pour ce transport, que j'étais à jeun et que je risquais une hypoglycémie si je ne mangeais pas avant de partir. Il insista pour que j'aille d'abord à la banque et là, prés du guichet, je me suis évanouie, une chute vers l'arrière, sur la tête.

J'ai eu une hémorragie, le sang coulait par l'orifice d'une oreille ... ma dernière image est celle d'André dans sa voiture qui n'avait pas l'air inquiet. Je pensais qu'il me souhaitait la mort, à juste ou injuste titre ? Hospitalisée, il est venu m'amener mon fils pour que je le garde. Aux moments où je n'avais plus de perfusion, je me suis occupée de Geoffrey à l'hôpital. Je me suis baladée dans les couloirs avec lui et nous avons regardé la télévision dans une salle puis nous sommes retournés dans la chambre, je l'asseyais prés de moi sur le lit. J'étais quelque peu inconsciente vis à vis de mon état alarmant. Je me suis fait interpellée par le service, on m'a demandé de confier mon fils à son père. Je leur ai répondu :

- Ce n'est pas de ma faute, c'est lui qui me l'a amené, il m'a dit qu'il n'avait pas le temps de s'en occuper. Lui ayant rapporté les réflexions du service hospitallier, il n'a plus amené le petit pendant mon séjour. Les séquelles de cette chute étaient une paralysie faciale, un œil qui ne se fermait plus et un problème auditif. Malgré ce que je venais de subir, étant toujours sous l'emprise de cette force inconnue, je me suis levée et suis allée à la chapelle de l'hôpital. Agenouillée, je me suis mise à prier « Oh mon Dieu, faites que toutes mes facultés physiques redeviennent normales ! » En effet, le chirurgien m'avait informé que je risquais une paralysie à vie, qu'une opération délicate à la tête avait été envisagée. Un kinésithérapeute venait me voir pour m'enseigner les gestes à faire pour récupérer la mobilité de ma bouche. Avec le miroir, je travaillais les muscles des joues en faisant des « A.E.I.O.U ». Pour sauver l'œil atteint, j'avais un pansement toutes les nuits. Mon appartement était proche de l'hôpital. Je m'y suis rendue trois jours consécutifs pour écouter plusieurs fois la cassette d'Anthony. Comme je faisais une sorte de transfert entre le jeune militaire et Anthony, d'écouter cet artiste amateur me donnait une force supplémentaire pour me rétablir physiquement et moralement.

En fait, en trois semaines j'étais guérie à la grande surprise du chirurgien qui me voyait plutôt immobilisée pendant six mois minimum, voire à vie. Lors de cette hospitalisation, Pauline est venue me rendre visite ainsi que mon frère et ma belle-sœur. Le reste de ma famille me téléphonait.

La vie a repris son cours, j'ai récupéré mon fils et j'ai repris aussitôt mes cours d'aide soignante car j'avais besoin de rentrées d'argent. Je n'ai pas pu obtenir le diplôme car j'avais raté beaucoup trop de cours. Je n'étais même pas déçue, c'était le destin !

A nouveau mon esprit se trouve comme possédé et je me remets à écrire.

«   Déchirure.

On s'est aimé à la folie,
On s'est promis de vivre ensemble,
La tendresse, l'amour, la joie étaient là,
Puis vint la jalousie, tout s'est effondré,
Les paroles amères, les combats déchirants,
L'amour part peu à peu, sans s'en rendre compte,
Les mots doux n'existent plus,
L'amour se dissout tout doucement,
Il n'y a plus que des habitudes,
Des pleurs, des cris, de la haine,
Le pire est arrivé, l'infidélité,
Il n'y a plus de sentiments,
Les regrets, les pardons sans cesse continuent,
Puis vint le grand jour,
La porte fermée à jamais,
l'amour s'éteint pour l'éternité,
Le cœur brisé par toutes ces déchirures.»

J'ai compris quand j'ai relu ce texte qu'il était destiné pour le père de mon fils.

Lors d'une de ses visites pour voir Geoffrey, je lui ai lu le contenu et il a enfin compris que je vivais quelque chose hors du commun. Je l'ai informé que j'allais retourner à Carcassonne pour le concert. J'ai franchi à nouveau les murs de la cité, je suis rentrée dans la cathédrale et j'ai inscrit quelques mots sur le livre destiné aux visiteurs. Ensuite, je suis allée boire un verre au bar à vin.

En discutant avec le barman, j'ai appris que j'étais assise sur le tabouret habituel d'Anthony. Étant un enfant du pays, il venait là de temps en temps pour s'asseoir et discuter, mais moi, intuitivement et ce fut la réalité, je savais qu'il ne viendrait pas ce jour là dans ce bar, à cette place. Je suis retournée chez moi mais deux jours plus tard je revenais. Enfin le concert d'Anthony !

Avant qu'il ne commence, dans la cité de Carcassonne je m'assois sur une grosse pierre. Qui vois-je arriver ? C'est le chanteur qui passe à quelques mètres de moi. Mon cœur bat très fort.

Le voyant dans la réalité et non plus dans mes rêves, je suis trop émue pour l'aborder. Les deux seuls mots que j'arrive à dire sont:

- Anthony, Anthony !

Quelques heures d'attente et le spectacle commence.

Il est magnifique. Je chante avec la foule pour l'accompagner dans son spectacle. J'apprends par la suite que toutes ses chansons en live a été enregistrées. Le concert est terminé. Je me ballade la nuit dans les remparts et là, j'aperçois en haut d'une tour trois hommes vêtus comme des moines. Je m'interroge sur leur présence et sur ce qu'ils font puis je grave quelques mots sur des pierres et je me surprends à crier haut et fort ma détresse de cœur en direction des trois hommes.

Je retourne au bar à vin dans lequel il y a beaucoup de monde. La plupart de ces personnes attendent le chanteur. Je vous rappelle que c'est un enfant du pays et qu'il est apprécié dans la région. Finalement, j'avais raison ! Contrairement à ce que pensaient la plupart des gens présents dans ce bar, Anthony n'est pas venu ce soir là ! J'étais entourée de couples mariés, de couples d'amis, de groupes de fans, j'étais quant à moi seule avec mes pensées de cet amour particulier. Un homme s'approche prés de moi et me demande si je veux boire un verre.

Il me dit que c'est de la part de quelqu'un qui veut conserver l'anonymat. J'accepte et pendant que je consomme il s'en va.

Mon verre terminé je sors et je vais dans ma voiture.

Je revois des images de ce chanteur qui est dans mon cœur. Je n'ai pas trop envie de partir. Au bout d'une demi-heure, ou plus peut-être, je me décide quand même.

Sur la route du retour, à quelques kilomètres de la cité, je regarde dans mon rétroviseur et je reste figée un instant. Je regarde à nouveau et à plusieurs reprises, je m'interroge. J'aperçois sur l'aile gauche de mon véhicule deux petites lumières intenses et inquiétantes. Elles ressemblent à deux grands yeux ovales et brillants, comme deux petites boules de feu venues de je ne sais où qui semblent me fixer. Je ressens une étrange sensation, je me sens poussée à retourner à la cité. Je poursuis ma route en résistant à cet étrange phénomène. C'est incompréhensible, comme si deux forces contraires m'habitent, je roule au ralenti. Une partie de moi veut rentrer, l'autre veut me ramener à la cité. A cette vitesse, il m'a fallu sept à huit heures pour arriver chez moi à Perpignan.

Dans ma chambre, le crayon à la main, l'imagination continue.

«   Le regard.

> Moi si impatiente de te revoir,
> Il y avait si longtemps que j'attendais ce jour,
> J'étais émue, toi tu ne savais rien de ma présence,
> Tes yeux n'étaient plus les mêmes,
> Pourquoi ce changement de regard,
> Qui reflétait la lumière ?
> Au loin il m'a fixé,
> Est-ce qu'il m'a reconnu ?
> Mes larmes ont coulé au même moment,
> Le croisement de nos regard a duré si peu de temps,
> J'étais là pour te dire que jamais je ne pourrais t'oublier,
> Depuis je ne cesse de te voir dans mon esprit,
> Pourquoi n'obtenons-nous pas notre amour ? »

«   Le temps perdu.

Sans cesse je crois en toi,
Moi qui pleure encore,
Toi que deviens-tu ?
Te souviens-tu de moi ?
Si tu y crois comme moi j'y crois ?
DIEU réunit ceux qui s'aiment,
Avec le temps on y arrivera,
Perdre notre amour c'est impossible,
Tu es le soleil qui brille, ma joie de vivre,
Écoutera t-il mes paroles ?
Car la tristesse me l'a emporté,
J'ai attendu mais en vain,
Mes souvenirs se sont écroulés,
Le destin nous a séparé,
Je ne peux oublier ton départ. »

«   Amour impossible.

Moi qui ne cesse de penser à toi,
Moi qui espère encore malgré ma souffrance,
Je me souviens de toi mais plus vraiment de ton visage,
Pourquoi mon amour est-il pour toi ?
Et pas pour lui, cet amour d'hier.
Croire en DIEU pour pouvoir te revoir,
Se dire les souffrances de nos vies d'hier,
Se regarder, se parler, s'écouter,
Se promener, s'aimer pour la vie.
Moi qui croit encore en toi,
Jamais plus je ne voudrais être séparé,
Nous nous sommes vus,
Personne n'a franchi le pas,
Comment faire pour être unis ensemble ?
Moi qui t'attends, j'aimerais être dans tes bras. »

Quelques jours après le concert, je fais un rêve : Le chanteur est avec sa femme, celle-ci est assise sur un banc, je ne la vois que de dos. Anthony et moi, nous nous avançons l'un vers l'autre, puis nous nous embrassons. Je le vois partir avec son frère qui lui ressemble beaucoup. Je me réveille. J'écoute à la radio locale une chanson. je me dis : « C'est ça mon amour ? »

J'aime quelqu'un dont je n'ai que des photos et que je ne peux qu'écouter à la radio ! J'ai envie de plus. Ne me laisses plus seule, mon cœur s'est réveillé, oui même loin de toi je te ressens. J'ai envie de te revoir, envie de ta bouche ... ta longue chevelure, ta façon d'être, ton accent, tes défauts, tes qualités, tout me plaît en toi, pour moi tu es le plus magnifique ! Donnes-moi ma chance d'être un moment auprès de toi que je puisse te serrer tendrement dans mes bras. Je te confierai les secrets de mon âme, cachés depuis toujours, gardés essentiellement pour toi. Laisses-moi rêver !

A Perpignan, la vie quotidienne reprend. Je confie mon fils à un couple pendant que je travaille aux vendanges, à Prugnanes, et c'est là que je m'aperçois que mes sens se sont anormalement développés. Par exemple, occupée aux vignes, je pressens que mon fils ne va pas bien, qu'il n'est pas en sécurité chez les personnes à qui je l'ai confié. Je chante tout à coup : « mon Dieu faites qu'il pleuve » et cela plusieurs fois pour être libérée de ma tâche et rejoindre Geoffrey. Alors qu'il pleut rarement dans le Roussillon, que l'annonce météo était au beau fixe, une coïncidence, il se met à pleuvoir, les vendanges sont interrompues, je peux retourner à Perpignan et mon intuition se confirme. Je retrouve Geoffrey pale, sans mobilité.

Il n'avait pas mangé et n'avait pas été scolarisé pendant mon absence au travail. J'interpelle la personne avec colère pour ses mauvais traitements, je mets les choses au point, je termine mes deux jours de vendanges et je récupère mon fils, soulagée.

Je refuse de signer la feuille de cette « nounou » qui insistait pour que j'atteste qu'elle m'avait rendu mon fils en bonne santé, de corps et d'esprit. La vie reprend son cours mais je rencontre des problèmes de voisinage.

Par exemple, on crève les pneus de ma voiture, des enfants livrés à eux-mêmes appellent mon fils qui était au quatrième étage au risque d'une chute mortelle. Sa jambe était déjà au dessus du balcon quand mon instinct maternel sans doute, m'a fait ressentir le danger.

Je l'ai rattrapé de justesse. De même, un homme venait me harceler dans les escaliers de l'immeuble. C'est pourquoi je décidai de retourner vivre dans le Nord en fin 1994.

Je me suis d'abord installée chez ma sœur Claudine, puis j'ai trouvé un appartement à Avesnes sur helpe. Pendant quelques temps, l'écriture automatique ralentit. J'avais ramené avec nous notre petite chienne « bouboule ». Celle-ci était de petite taille, noire avec de jolies taches blanches au niveau du cou.

Je ne pouvais m'en séparer et je l'emmenais partout avec moi. Dés que je m'endormais, elle venait s'installer dans le lit prés de mes pieds. Elle m'a apporté beaucoup pendant cette période de vie particulière.

Je suis toujours à la recherche d'un emploi et j'obtiens quand même un contrat à temps partiel comme agent d'entretien.

Pendant plus de deux ans j'occupe des emplois sans intérêts.

De ce fait, n'ayant pas pu avoir mon diplôme d'aide soignante, le dix-huit septembre 1997, je commence une formation continue par alternance pour tenter d'obtenir le certificat d'aptitude professionnelle d'employée familiale. Ca durera neuf mois (formation et stages pratiques). Les stages sont effectués dans des structures différentes dont deux sont au collège et un autre qui est à domicile.

Pour être employée familiale, il faut absolument connaître le guide d'hygiène vestimentaire et corporelle, celui sur l'alimentation et les repas équilibrés, y compris pour les végétariens. Il nous faut connaître aussi les différentes maladies liées à l'alimentation comme la boulimie, le diabète, l'obésité, le cholestérol, les empoisonnements liés à l'alimentation, les effets de l'alcool sur notre organisme...

Nous devons faire le nettoyage, aider à la cuisine, nous occuper de la lingerie, faire la toilette des personnes handicapées et les aider à faire leurs courses, leurs papiers ...

Avec courage et volonté, j'obtiens quand même mon CAP.
J'accepte de travailler bénévolement pour des parents en gardant leurs enfants, les emmenant à l'école ... il m'arrive aussi de faire les repas et le ménage.
Pour me détendre, je vais souvent au Val Joli, un lac boisé très touristique prés de Liessies. On peut s'y promener, y faire du pédalo, de la barque, de l'accrobranche ...
Un autre de mes hobbies, jouer du synthétiseur électronique.
Je prends mes premiers cours à l'école de musique puis avec ma propriétaire. Comme j'adore le monde des artistes tout comme celui du théâtre, j'ai la chance de rencontrer lors de soirées à Avesnes-sur-helpe, les sosies de Johnny hallyday, Michel Sardou, Mylène Farmer... Je fais par la suite certains rêves dans lesquels je vois Pascal Obispo, Stephan Eicher, Johnny Hallyday, Gérard Depardieu, Alain Delon ...
Je prends mon dictionnaire d'interprétation des rêves :
Rêver d'artistes voudrait dire que l'on aurait en soi des talents pour un art que l'on n'exploiterait pas, rêver du diable signifierait une évolution et une libération sur le plan spirituel, quant au rêve du jardin d'Éden, il voudrait me rappeler que j'ai eu une vie saine et heureuse, qu'un grand bonheur m'attendrait. Oui mais quand ?

Malgré la distance Nord-sud, j'ai toujours cette force qui m'inspire et m'oblige à écrire.

« Toujours tu es là en moi, dans mon esprit et mon corps, tu vis en moi, j'ai comme un besoin d'être auprès de toi, moi qui ne cesse de rêver de toi, moi qui garde l'espoir qu'un jour enfin je pourrai être à tes cotés. Toi l'homme que j'attends, pourras-tu un jour me donner cette chance ? Moi qui ne tiens qu'à toi pour la vie et l'éternité avec mon âme réveillée qui espère et crois en toi, moi qui ne vois que toi, donnes-moi ma chance. Mon Amour je t'aime d'un Amour incroyable. »

L''écriture se poursuit.

«   L'imagination.

Comme ton enthousiasme,
Fait grandir autour de toi,
Un entourage grandiose,
Tu te retournes au détour des chemins,
Où nos hôtes se sont enfuis avec des plaintes,
Au bout de leurs lèvres, des vers,
Comme ton avenir est souriant !
Qu'est-ce qui dort en toi ?
Pour faire naître dans ce monde autant,
De bienveillance.
J'attends que tu te penches sur mon visage,
Pour faire frémir mes paupières,
Ranimer la joie intérieure,
Et la sève douce de la vie.
Tu ris à travers tes yeux sombres,
Aux paroles éphémères,
A ton rire une poignée d'oiseaux,
Que la douleur des mots,
Qui chantent et qui se perdent,
Tu souris en chantant la lumière,
Tu soupires en chahutant la lumière,
Où dansent nos deux ombres,
Qui s'éparpillent au petit jour,
A la lune suprême,
Gardes ces secrets de douce saison,
De bonheur sans meurtris,
Où tu ris sans fin dans la nuit sans faille. »

«   Drôle d'époque.

Quelle époque nous vivons !
Tant de désespoir qui naît à chaque instant de la vie,
Qu'arrive t-il sur cette terre ?

Avec tant de souffrance à l'intérieur de vous,
Qu'est-ce qu'ils ont les hommes pour attirer le mal ?
Cette malchance qui se détourne sur leur chemin,
Qu'arrive t-il ? qu'arrive t-il ?
Est-ce un appel de cet univers ?
L'homme sans être conscient,
De ce qu'est la vie actuelle,
L'époque aujourd'hui est envahie,
Par ce fléau qui traîne derrière vous,
La plupart des êtres aujourd'hui,
Ont totalement perdu,
Leur force de croire, leur dignité,
Aujourd'hui, ma force de croire en moi,
Que plus jamais ce fléau ne m'atteindra. »

«   Prends courage.

Ne te décourages pas,
Toi que j'aime,
Tu es là en moi, tu es la seule,
Tu as mis toute ton énergie pour moi,
Je ne veux plus te voir triste mais heureuse,
N'écoutes que ton cœur et ton âme,
Ils sont vrais et purs,
Laisses de coté ton passé, oublies ta détresse,
Je suis là, je veux te protéger,
Toi si fragile si faible au fond de toi,
Ne te décourages pas toi que j'aime,
Tu es là en moi, tu es la seule.
Je t'aimerai de tout mon cœur, toute mon âme,
Je veux te voir sourire,
Ne sombres pas dans la solitude,
Écoutes ton cœur et ton âme,
Laisses-toi aller dans tes désirs les plus fous,
Vis avec tes sens, ne te décourages pas,
Tu vis, tu existes, je te connais,
Fermes tes yeux et dans tes rêves tu me verras,

Tu es la femme la plus incroyable à mes yeux,
Crois-y, ne sombres pas, tes espoirs seront éternels,
Tu es notre dame de cœur,
Ne perds pas courage, je suis avec toi. »

J'arrête ce voyage dans l'âme qui me donne l'écrit. En étant dans la région, je peux renouer plus de contacts avec mes proches.

Le Nord est froid et humide, je me rappelle de cet hiver rigoureux avec un chauffage en panne, les vitres étaient verglacées de l'extérieur comme à l'intérieur, un froid glacial ! Trois paires de chaussettes, un pyjama, un gros pull épais, cinq couvertures... j'avais encore et toujours froid, Brrr !

Je reprenais peu à peu les habitudes de mon enfance, et dés le printemps, je reprenais goût à des plaisirs simples. J'allais cueillir des pissenlits, ramasser des champignons de pâtures. j'allais également cueillir des mures et en faisais des confitures comme me l'avait appris jadis mon arrière grand-mère. En septembre je ramassais des pommes pour les faire cuire au four, en faire des compotes ou des garnitures de tartes. J'ai eu l'occasion de revoir ma fille qui venait voir ses grand-parents à Leval, petit village situé à une douzaine de kilomètres d'Avesnes. Nous avions tout de même conservé quelques rares contacts téléphoniques et j'étais très heureuse de ces retrouvailles. L'avesnois est une zone essentiellement campagnarde, beaucoup de petits villages, de fermiers, d'agriculteurs ... c'est mort !

Les contacts, les relations humaines se perdent, les gens pour la plupart sont devenus indifférents aux problèmes d'autrui, ils se sont fermés sur eux-mêmes. Un exemple, en contact avec une journaliste, celle-ci me raconta que suite à un fait divers pour un chien abandonné, elle avait reçu plus de mails de compassion que pour des faits graves qui avaient touché des êtres humains.

Heureusement quelques personnes savent encore penser, être à l'écoute et communiquer. Le nord est particulièrement touché par le chômage, plus élévé que la moyenne nationale, la précarité nous fait survivre dans des conditions déplorables.

Malheureusement, je vis cette précarité depuis mes dix-huit ans. Malgré ce fléau, ma force m'évite le mal-être.

« Si la vie était un long fleuve tranquille» ! Je sais, cette phrase n'est pas de moi.
Bien souvent l'être est condamné à ne pas être lui même.
Je resterai moi-même, je ne serai pas comme d'autres le voudraient, j'ai mon pouvoir, mes rêves, mes hobbies, mes passions, mes idées, les miennes !
Je suis révoltée. Pour me libérer, j' ai écrit cette chanson sous un rythme de rap ou de hard rock.

«   Révoltée.

Ah mon Dieu assez de cett' drol' de vie,
Travailler comm' des esclav' en soumis,
Des conditions difficil' ça nous tue,
Je préfèr imaginer etr' à nu,
Oublier les problèm rester moi-même,
L'amour je le vis seul' hors du système,
Pour ceux que ça dérang' moi ça me plaît,
J'avancerai pour pouvoir exister.

J'm'en fou c'que diz les autr, révoltée de ces gens,
C'qu'ils pens' de mon histoir' me laiss' indifférente,
J'm'en fou c'que diz les autr, révoltée de ces gens,
Révoltée je le suis je l'écris je le chante.

Contre ce mond' qui nous met au plus bas,
Société nous a piégé comm' des rats,
Je préfèr' rêver mon amour mystique,
Qui m'fait voyager dans un monde magique.
Mon Dieu j'aimerais résoudr' les problèmes,
Mes espoirs mes hobbies tout ce que j'aime,
Je m' éloign' de ces gens qui sont sans cœur,
Car personn' ne touch'ra à mon bonheur.

J'm'en fou c'que diz les autr, révoltée de ces gens,
C'qu'ils pens' de mon histoir' me laiss' indifférente,
J'm'en fou c'que diz les autr, révoltée de ces gens,

Révoltée je le suis je l'écris je le chante.
Pour beaucoup la précarité nous prive,
Misèr' et galèr' faut que je survive,
La vie c'est pas ça l'humain a le droit,
De vivr' aisément ma foi fait ma loi,
Personn' ne peut m'empêcher non personne,
Je gard' mes idées jamais j'abandonne,
J'oubli-rai ce mond' qui n'est pas le mien,
Tout n'est pas perdu l'espoir pour demain.

J'm'en fou c'que diz les autr, révoltée de ces gens,
C'qu'ils pens' de mon histoir' me laiss' indifférente,
J'm'en fou c'que diz les autr, révoltée de ces gens,
Révoltée je le suis je l'écris je le chante.

J'm'en fou c'que diz les autr, révoltée de ces gens,
C'qu'ils pens' de mon histoir' me laiss' indifférente,
J'm'en fou c'que diz les autr, révoltée de ces gens,
Révoltée je le suis je l'écris je le chante... »

«   Désillusion.

J'ai cru en toi,
Je me suis trompée,
Que faire maintenant,
Quelle vie de chien,
La peste me suit,
Je traîne ma vie,
Pourquoi crier,
Pourquoi pleurer,
La vie est dure,
Avoir la haine,
De ma souffrance,
Je hais la vie,
Vivre pour survivre,
Je veux savoir. »

Je me pose des questions. Pourquoi ça m'arrive à moi d'écrire toutes ces choses sans savoir ni comment ni pourquoi ?

Est-ce du à cette passion qui n'a jamais eu lieu ? Est-ce la magie du puits qui interfère et me livre tous ces mots ? Je reste dans l'incertitude. Sans cette imagination, je n'aurais pas vécu un Amour pur et sain, venant du cœur ! Je ne regrette rien de ces années passées, jamais je ne pourrai te laisser, tu es gravé pour l'éternité. Pardonnes-moi de t'aimer sans ta présence, ne sois pas invulnérable, çà m'est très dur. Forces des ténèbres, forces du mal, de m'avoir condamnée à vivre sans lui, c'est trop injuste ! Je vous hais car le mal l'emporte et le bien perd. A se demander s'il n'y a aucune justice, la mienne c'est de combattre le mal... et vu que j'ai mon cœur et mon âme ... personne ne pourra me condamner.

Un jour je l'espère, j'aurai ma chance d'avoir l'amour qui me hante dans l'esprit. Quand ? Là est la question. Bien souvent j'ai des moments qui me laissent dans le sombre, je vis une histoire qui n'a pas de fin, d'ailleurs il faudrait déjà qu'elle commence, cette histoire avec toi !

Oh mon Dieu ! J'aimerais résoudre ce problème, prendre une décision. De cet amour que je souhaite, m'envoler pour retrouver sa présence, je retrouverai mon visage rayonnant, je n'aurai aucune rancune, aucune révolte, à l'intérieur je garderai ma souffrance.

C'est dur à croire, je ne peux plus faire marche arrière et je dois aller de l'avant. On a tous le droit de rêver que l'amour n'est pas perdu, que l'amour n'a pas de limites, c'est un sentiment qui naît en soi. Un sourire, un geste, un appel et là je serai la plus heureuse. Quel destin de vivre seule sans cet amour ! mais mon Dieu, je n'ai que le crayon à la main. Oui, je vais y croire très fort et essayer de ne pas sombrer, merci mon amour, tu es mon sauveur, tu es là en moi dans mes pensées, et grâce à celles-ci venant comme par magie, c'est toi qui inconsciemment me guide à écrire ce que je ressens. Oui je suis seule, mais je suis protégée et je sais que çà ne vient pas de moi ! Si tu n'avais pas été là dans mon esprit pendant cette drôle de vie, sans homme, sans travail, sans argent ou si peu, pas de bonheur, pas de tendresse, que serais-je devenue ?

Amour de ma vie, de mes sens, je t'aime, j'existe, regardes-moi !
Ecoutes-moi, délivres-moi de ce mur qui me laisse sans l'approche
de te sentir, je t'aime follement dans l'imagination, je te désire.
Me voudra t-il comme moi je le veux ? Oh mon Dieu ! si la
chance me donnait cette lumière, je pourrais affronter le jour et lui
dire que je l'ai aimé spirituellement.

»   Avec le temps.

> Le ciel est rempli de nuages,
> Je le regarde de loin, je vois,
> Celui qui a vécu un jour,
> La mer avec les bateaux qui bougent sur les vagues,
> Le phare au loin, je te vois avec des jumelles,
> Je rêve bien sur, le vent souffle fort,
> Les rayons solaires traversent le ciel,
> Les mouettes passent au dessus de moi,
> Des amoureux passent à coté de moi,
> Dire que j'attends çà depuis des années !
> Aurais-je un jour la chance pour moi mon Dieu ?
> Je patiente pour attendre l'amour,
> Je continuerai à t'aimer dans mes pensées secrètes,
> Tu es gravé dans mon âme,
> Et dans mon cœur à tout jamais,
> Je ne peux cesser d'y croire, mon amour je t'aime. »

Quittant ces idées sombres mais réalistes, je songeais aux jours
plus heureux vécus dans le sud et, le lendemain, je retrouvais un
poème écrit la veille sans m'en rendre compte.

«   Lève-toi.

> Lève-toi, lève-toi,
> Toi qui sais, lève-toi,
> Sois toi même,
> Lumière, éclaire-là,
> Celle qui a tant de choses en elle,

Une richesse, sa richesse,
Sa foi, son courage d'affronter,
Ce voyage d'ondes positives,
Elle qui a tant cru à l'Amour,
Tout n'est pas perdu dans cet univers,
Donne-lui la force de ne pas sombrer,
Donne-lui l'alliance des cieux,
Celle qui sera sereine dans ses pensées,
Donne-lui la lumière, elle qui a tant souffert,
Oh Dieu créateur, entendez ces ondes,
Qui vous demandent d'être honorées. »

Je suis prisonnière d'un amour qui ne sait même pas que j'existe, quel destin ! Si je le revoyais un jour devant moi, ce serait le bonheur, mais ça me parait tellement loin.
Seule dans ma voiture, le vent souffle et emporte le son de ma voix. Mais moi, je suis là bien vivante et réelle. Vivre l'amour seule sans ta présence m'est très dur ! Oh mon Dieu, aidez-moi à lui faire ressentir que je l'aime dans mes pensées.
As-tu une âme et un cœur pour ressentir que j'ai besoin de toi? J'aimerais savoir que tes pensées sont avec les miennes. Aura t-il l'esprit et la force d'aimer vraiment ? Je mettrai toute mon énergie pour qu'un jour nos deux âmes se réunissent.

«   *Croire.*

Je ne peux croire que plus jamais on se reverra,
Plus jamais pour moi, je n'y crois pas,
Je passerai la lumière pour être avec toi,
Toi qui ne sais rien de ma vie,
Je te reverrai demain j'en suis sure,
Demain dans une autre vie,
J'espère que tu penses à moi,
Mais de ton coté tu ne peux rien faire pour moi,
Si la chance me donnait cette lumière,
Pour affronter le pas vers toi,
Pourras-tu me faire ton charme ?

Comme autrefois il y a très longtemps,
Pourras-tu m'aimer et être à moi ?
Suffit-il d'y croire pour y arriver ? »

Je ne regrette rien, car je t'aime en secret, j'espère tant savoir un jour si c'est toi l'homme de ma vie. J'en suis sure, mon esprit ne peut m'empêcher d'y penser, je suis comme envoûtée par des choses hors du commun. J'ai besoin de toi, ne me laisses pas dans la détresse.

J'ai la nostalgie du sud et, en 1998, je décide de tout brader.
Je ne prends que mes documents et mon linge puis nous repartons moi, mon fils ansi que « bouboule » dans le Roussillon.
La route est longue, sutout que ma vieille voiture est tombée en panne trois cent kilomètres avant d'arriver. Plusieurs heures d'attente chez le garagiste avant de pouvoir terminer le trajet.
Je suis allée directement chez mon frère habitant au Boulou.
Il m'a hébergé quelques jours pendant que je cherchais un appartement. En une semaine j'en trouve un qui m'est loué à un prix raisonnable. Installés, la vie reprend et je suis en quête de travail dans cette région.
Le village du Boulou est très touristique. C'est un passage très fréquenté pour se rendre en Espagne, un petit coin bien vivant avec un casino, une cure thermale, des restaurants, des hôtels... c'est très agréable ! Fini ce froid nordique !
J'ai été pistonné par le frère de ma belle-sœur pour un emploi à l'usine « Sabaté », producteur de bouchons de liège.
J'avais également un travail d'agent d'entretien.
Une fois, à cause d'une panne de voiture, je suis arrivée en retard.
Alors que je m'installe sur une machine, le chef d'équipe vient et me licencie sur le champ.
Aucun droit aux indemnités de chômage ni au RMI. Pendant trois mois, plus de salaires, plus moyen d'acheter de quoi manger.
Durant ces trois mois de galère, j'ai reçu de l'aide par mon frère et par des associations pour pouvoir nous nourrir moi et mon fils.
J'avais deux copines, l'une d'elles nous conduisaient à la plage ou ailleurs, et avec l'autre je partais au camping où nous faisions du

karaoké. Le président de l'association m'a remarqué et m'a proposé de me joindre à eux pour chanter dans les maisons de retraite, au bord des plages ... mais j'étais encore tellement prise par cet étrange amour intérieur que j'ai refusé. J'ai tout de même eu la chance de pouvoir chanter dans un radio-crochet face à un public d'au moins cinq cent personnes. J'interprétais « les uns contre les autres » de Star-mania.

Un disc compact a été enregistré mais je n'ai pas pu me l'acheter faute de moyen. J'étais heureuse, vêtue de manière superbe, un de mes rares souvenirs de bonheur vécu. Après ce radio-crochet je rentre chez moi. Je suis à ma fenêtre. J'écoute les chants d'oiseaux qui semblent heureux de pouvoir s'exprimer. J'allume la radio, comme j'envie ces chanteurs ! Je n'ai pas la chance de vivre ce que j'aime, chanter oui chanter, exprimer mes paroles devant un public pour me faire revivre ! La vie n'est pas facile, je vis dans un monde qui ne correspond pas au mien, je vis malgré moi, bien sur je n'en mourrai pas mais je garderai ce mal en moi.

Je continuerai à chanter seule comme je l'ai toujours fait.

C'est sur, chanter est un de mes rêves, mais à quoi bon.

Au Boulou, j'ai eu d'autres activités professionnelles dans la restauration, l'hostellerie, les cueillettes de fruits dont les cerises, pêches etc. Comme je n'avais pas assez d'argent pour payer une « nounou » pendant les jours où il n'y avait pas d'école, au moment de la cueillette des framboises, j'emmenais Geoffrey avec moi dans les serres de Maureillas. Il prenait beaucoup de plaisir à ramasser délicatement ces fruits roses et les déposer directement dans les barquettes. Comme presque tous les ans, je faisais également les vendanges. Pendant celles-ci, je portais une paire de vieilles baskets qui me serraient trop et m'ont donné une ouverture à l'arrière du pied gauche, encore le pied gauche !

Comme ça m'était arrivé bien des années avant, le pied a doublé et de nouveau ce fut la série de piqûres pour éviter le tétanos.

Ces travaux étant saisonniers, je n'avais pas de rentrées régulières. Quand mes copines n'étaient pas disponibles pour me conduire, je me rendais à pieds à un très beau lac situé à trois kilomètres de mon appartement. Le lac était vaste, entouré de grands arbres, l'eau était calme, limpide, c'était beau.

Il y avait un petit restaurant qui nous permettait de manger sur place. De l'autre coté, il y avait un plan d'eau privé et réservé aux pécheurs ainsi qu'un coin aménagé pour faire des grillades, barbecues, bancs et tables ...

Je m'y rendais souvent avec mon fils qui s'amusait dans l'eau avec des seaux de sable, je lui offrais des crèmes glacées qu'il avalait rapidement. Comme le climat du sud est très agréable, nous vivions plus à l'extérieur qu'à l'intérieur. Après ces belles journées nous rentrions chez nous plus sereins. Cependant, il régnait une atmosphère bizarre dans mon appartement et des choses inexplicables s'y sont produites ! Par exemple, une nuit j'ai entendu mon fils qui hurlait de frayeur. J'ai accouru et je lui ai demandé ce qu'il avait.

- Maman, j'ai vu une silhouette de forme étrange en blanc, juste devant moi.

Je suis restée perplexe. Quelques jours se sont écoulés et, une autre fois en rentrant chez moi, l'orgue synthétiseur s'est mis à jouer quelques notes alors que la prise électrique n'était même pas branchée. La voisine qui avait du entendre ces sons plus longtemps que moi m'a interpellé à ce propos, pensant que j'étais présente alors que ni moi ni mon fils n'étions là ! Ce phénomène ne s'est reproduit que deux fois. J'ai préféré à l'époque ne pas parler de cela aux personnes qui m'entouraient.

Toutefois, j'avais remarqué que mon fils était devenu différent, moins communicatif et plus agressif par moments...

En me promenant à Perpignan, une femme vient vers moi et me dit :

- Bonjour Mireille.
- Tu me connais ?
- Rappelles-toi, c'est moi Agnès.

C'était cette ancienne copine chez laquelle j'avais fait la connaissance du père de Geoffrey. Elle m'a donné son numéro de téléphone et m'a invité à aller chez elle. Je lui ai dit que je viendrai dans quelques jours mais que je lui téléphonerai avant. En rentrant chez moi, je fais part de cette rencontre à mon fils, je lui explique que je ne l'avais pas reconnu, le corps, la tête, le regard, tout avait changé en elle sauf sa voix.

Je me décide d'aller chez elle et là, en rentrant, je me sens mal au point de m'évanouir. Nous parlons et arrive l'instant de révélation !

- Je n'osais pas lui dire que je sentais la mort mais elle s'est confiée, elle était atteinte du « sida » ! Je connaissais un peu sa vie de débauche, beaucoup d'hommes différents ont couché avec elle juste pour le plaisir. Elle avait revu son premier amour de cœur avec lequel elle n'avait jamais consommé, ils se sont donnés à corps perdus sans protections, il ne lui a pas dit qu'il était atteint du sida.

Vous voyez mon Dieu, la luxure ne l'emporte pas !

Nous nous sommes revues, elle m'a demandé de l'accompagner une fois dans une discothèque. J'y suis allée pour lui faire plaisir. Même si je l'ai revu à quelques reprises, j'étais méfiante et je me suis éloignée. De l'avoir vu dans cet état, j'ai intégré une association pour faire de la prévention. Nous allions dans les boites gay, l'un était vêtu en diable et moi en starlette, nous apportions des paniers et distribuions gratuitement des préservatifs. Une antenne d'écoute était également présente.

Je me suis sentie utile d'apporter soutien et conseils à toutes ces personnes qui ne se protégeaient pas.

Mon appartement est situé en plein centre du Boulou. Le décor dans le salon se compose comme suit : sur mon petit meuble cassé, j'ai des photos de ma famille et plusieurs photos du chanteur qui m'inspire, trois chapeaux, une statuette de la Sainte Vierge Marie, un modèle réduit de bateau, une clé, une bague et des cadres de photos diverses.

Sur un grand mur blanc, j'ai collé le poster d'un grand cœur.

Au centre de la pièce, il y a une table et des chaises en rotin non loin du téléviseur et de la radio. C'est une petite pièce.

Comme à chaque fois, le crayon à la main, je poursuivais...

« Mon cœur saignera toute ma vie,
  Mon cœur souffrira de ce besoin,
  Mon cœur n'aura que les larmes,
  Je suis seule sans cette tendresse que j'attends,
  Je ne veux plus sombrer,
  Je ne dois pas perdre l'espoir. ».

«   L'amour dans l'âme.

  On s'est regardé droit dans les yeux,
  De suite ce fut le coup de foudre,
  Ton regard éblouissant m'a fait fondre,
  On s'est promené le long du phare,
  On s'est promené le long des ruines,
  Main dans la main,
  Tes yeux rayonnant de joie,
  Tu étais doux et gentil,
  Penses-tu encore à moi ?
  Comme moi j'y pense !
  Si tu as du remord dans ta vie,
  Reviens vers tes anciens souvenirs,
  Peut-être reverras-tu notre histoire ! »

De Nicolas en Anthony, d'Anthony en Nicolas, mon amour se trouve ainsi toujours à voyager, ces transferts sont difficiles à comprendre. Et pourtant ça ne pouvait pas être Nicolas puisqu'Anthony n'a jamais effectué son service national ! Même si le coup de foudre s'est fait pour ce beau militaire que je n'ai connu que quelques jours, mes années troublantes ont toujours été dirigées vers ce chanteur que j'adore ! Cet amour pur et sain, c'est avec lui ! Cette histoire que je vis m'est venue de l'esprit.
Toi tellement semblable à celui d'hier, tu m'inspires, tu me fascines ! tu me conduis à écrire sans cesse, à m'imaginer des histoires de Nous ! Je ne veux pas me laisser abattre, je ne peux faire chemin en arrière, peut-être qu'un jour je trouverai ma voie. J'avancerai tout doucement en silence. Puisque je suis destinée à vivre cette histoire, tu resteras ma raison d'être.

En regardant sur internet, j'apprends qu'Anthony fait un nouveau concert, je me précipite pour noter la date et l'heure de son concert.
Toujours cette envie de voyager dans mon esprit et d'écrire mon imagination sous les lueurs des bougies.

« - Mireille, n'oublies pas ce jour, tu dois être au mieux, je veux te voir sourire, voir en toi le plaisir de me revoir, allez Mireille ce n'est qu'un jeu, n'aies crainte, je ne vais pas te dévorer, je serai gentil avec toi, reposes-toi l'esprit, n'aies pas peur. Alors, qu'est-ce que tu penses de ce jour ?
- A vrai dire, je verrai, c'est moi qui écrit et qui pense. Allez, je vais me reposer l'esprit et dormir.
Un personnage énigmatique nous répond :
- Enfin ils sont prêts à se revoir et là ils comprendront qu'ils sont faits pour vivre une suite, Elle et Lui, Lui et Elle, ensemble !
Ils vont se parler très bientôt. »

Je nous imagine toi et moi, face à face, devant des millions de téléspectateurs, ceux qui seraient de l'autre côté, je n'y penserais même pas. Je ne verrais pas les caméras, non, j'aurais juste le plaisir de te revoir si tu me disais oui. J'aurais le sourire aux lèvres, ah que j'aimerais le faire réellement ! Nous ne serions que toi et moi dans ton camping-car. Tu m'amènerais avec toi où tu voudrais. Le voudra t-il ? Je me le demande. Il faut que je provoque le destin. Cette destinée m'a toujours dirigé vers toi pour te dire que je t'aime. Oui mon amour, tu es dans mes rêves, je n'y peux rien. J'aimerais avoir cette chance de te parler, de te dire que tu es unique. Je ne veux plus me faire toucher, c'est à toi que je me réserve.

« - Je nous imagine toi et moi allongés ... je te ferais l'amour avec de la tendresse, de la douceur, du romantisme.
- Oui Mireille, toi et moi on s'aimerait. Je t'offrirais le bonheur car tu es vraiment la plus incroyable à mes yeux.
- Je suis heureuse de savoir ça mon amour, moi qui espère tant de toi ! Jamais je ne t'oublierai, tu vis en moi, je te ressens trop. »

Quel délire ! Je vais trop loin dans mon imagination.

Les semaines passent et bientôt je vais pouvoir le voir dans la réalité, peut-être pourrais-je lui parler et lui dire qu'il m'inspire. Le jour venu, avec ma vieille voiture je me rends sur le lieu du concert. Comme d'habitude, je me suis arrangée pour être la première. Ce jour là, je me permets d'entrer dans la salle, et je regarde les techniciens monter les décors et la sono. Après, je retourne dans ma voiture pour boire et grignoter un peu. Restaurée je sors et je rencontre un homme qui entame la discussion. A un moment donné, celui qui gère la salle pour la troupe me propose de prendre une douche. Je n 'ose pas trop y aller mais il insiste en me disant qu'il n'y a pas de danger. J'accepte, ma douche terminée j'attends à l'extérieur. Je vois arriver un camping-car, c'est Anthony qui arrive, je n'ose pas m'avancer, c'est trop fort. Je fais demi-tour et je vois des gens qui le connaissent, je vais vers eux et je leur dis :

- Moi qui croyait qu'il était simple !

Quelqu'un me répond :

- C'est maintenant ou jamais !

J'ajoute :

- Oui mais, là il ne se fait pas voir.

Je retourne dans ma voiture, je mange des cerises. Quelques minutes s'écoulent et, en me retournant, qui vois-je ? Anthony ! Il est là, assis sur le banc, je repense à ces mots qui m'avaient été dit, c'est maintenant ou jamais. C'est plus fort que moi, j'avance vers lui et je lui dis :

- Je dois te parler seul à seul.

A ce même moment une jeune fille arrive pour lui demander un autographe. Je me positionne derrière le chanteur et je remarque qu'il a dans les mains le texte d'une nouvelle chanson dont le titre est « Trop peu d'amour ». Ni lui ni la fille n'avaient de stylo. Je lui dis :

- Tiens Anthony j'en ai un.

La jeune fille part, un jeune homme arrive à son tour mais je l'interpelle à nouveau et je lui répète que je veux être seule à lui parler. Il accepte et nous allons un peu plus loin.

Je remarque que quelques personnes nous observent. Je lui dis :

- Je t'ai tellement dans mon cœur et dans mon âme que tu m'inspires.

Il me répond :

- Je suis marié et tu dois vivre.

J'étais folle de rage de sa réponse, avoir fait trois cent cinquante kilomètres pour entendre ça ! Déjà dans mes rêves sa femme est là et maintenant, dans la réalité, il m'en parle ! Moi qui pensait qu'il n'y avait plus rien entre eux. Mais au fond, je ne regrette pas de lui avoir déclaré ma passion. S'il n'avait pas voulu me voir, il ne serait pas sorti prés du banc. Je suis partie à l'écart et me suis effondrée dans une fontaine de larmes. J'étais d'une tristesse inconsolable mais je suis revenue. Entre-temps, je remarque que son camping-car a changé de place, portes ouvertes. J'aurais pu me dissimuler comme je le voulais mais non, ça m'a bloqué.

Il est ressorti, jamais je ne me suis avancé. Enfin, je suis quand même allée l'écouter malgré ma colère, après tout ce n'est pas de sa faute. Comment aurait-il pu savoir ce que je vivais !

Le concert terminé, Anthony s'en va, je le vois s'éloigner dans son camping-car. Un homme vient vers moi et se présente, il s'appelle Mike, je ne comprends rien à ce qu'il me dit à cause de son accent ou parce qu'il parle mal le français. Il me pose la main sur la cuisse, me fait la bise et me sourit. J'aurais tant voulu que ce soit Anthony mais non, il est orgueilleux. Ah ! il a quand même chanté »tu es dans mon coeur». J'avais acheté la veille sa deuxième cassette audio mais je n'avais pas eu le temps de l'écouter car mon appareil de lecture ne fonctionnait plus. Je ne connaissais pas cette nouvelle chanson. Moi qui l'aimais de tout mon cœur et de toute mon âme, je me suis dis que c'était trop facile pour lui de me dire « tu dois vivre !»

Qu'est-ce que j'y peux ! Après tout, c'est depuis le passage à la cité de Carcassonne que cet amour hors du commun est né en moi. Je prendrai courage, je mènerai ce combat toute seule et peut-être qu'un jour nos chemins se croiseront à nouveau.

Je t'aimerai en secret moi qui n'a jamais eu ta présence, après tout, je ne suis rien pour toi. Écrire, c'est mon seul soutien. Seule, sans amour, sans tendresse, sans réconfort, je ne veux plus souffrir, je ne dois pas perdre l'espoir et garder la foi.

Pour la plupart des gens oui, ils vivent dans un monde incontrôlable, ils se détruisent, quel gâchis !

Tous ces gens qui ne croient plus, ils ont perdu leur foi, et sans qu'ils ne s'en rendent compte, le mal leur tombe dessus. Retrouvez votre foi, votre dignité, croyez en Dieu ! Il nous a mis sur terre pour être bien, alors croyez en vous. Retrouvez la foi puis tout doucement, avec le temps, vous vous sentirez à nouveau des êtres normaux. Soyez raisonnables et tout vous viendra. « Rome n'a pas été bâtie en un jour. »

Sachant qu'il va y avoir un nouveau concert, c'est plus fort que moi, l'imaginaire reprend et un nouveau dialogue avec Anthony commence.

« - Dans tout çà, je ne sais pas ce que tu fais en ce moment, tu dois être très occupé avec la tournées que tu prépares.

Un sacrifice de refaire des concerts pour peu d'argent, je t'ai écouté à la radio, tu es vraiment incroyable ! Mais saches que si je viens te revoir dans un concert, je me sentirai heureuse et souriante. »

- Pourquoi Mireille ?

- En sachant plus aujourd'hui sur les choses que je vis, tu seras ce jour-là pour moi, une source d'énergie, j'ai fait le choix d'être quelqu'un, ne plus vivre sans livrer toutes mes émotions.

- Pourquoi dis-tu cela ?

- Il ne tient qu'à toi de me faire savoir si tes sentiments sont réciproques et aussi intenses que les miens ?

- Mireille ! Tu veux me faire croire que tu m'aimes, c'est faux, tu m'aimes à travers celui d'hier.

- Oui mais j'ai mon âme qui voyage à travers toi, qu'est-ce qu'il faut que je fasse ? Que je vienne et te prenne dans mes bras ? Mais je ne peux le faire Anthony . Je sais ce que je ressens pour toi, tu es l'homme le plus magnifique qui me hante sans cesse depuis Carcassonne. »

C'est vrai, je ne devrais l'imaginer ainsi, puisqu'il ne sait rien ou si peu de moi.

Comme d'habitude, les réponses me vinrent sur le papier.

« - Mireille, arrêtes d'être négative, j'en sais plus que tu ne pourrais le croire. N'oublies-pas, je te connais, je sais ce que tu vis ! Tu es plus qu'une simple ouvrière, tu es un écrivain.
- Non, je ne suis pas écrivain.
- J'ai compris, ce sont tes pensées, c'est de l'imaginaire ! Pas mal ton imagination !
- Ah oui, tu trouves ?
- Oui, tu pourrais être une pro.
- Ah je ne le savais pas, çà me fait plaisir de l'entendre venant de toi. Allons-nous nous revoir ?
- C'est une surprise, quel effet çà te fait en ce moment ? »

Seule, je souris et je me dis que je vais arrêter d'imaginer.

Le dialogue reprend.

« - Non Mireille, continues . Tu sais Mireille ...
- Non, tu vas me le dire.
- Dans la réalité , je me sens étrange comme toi.
- Pourquoi ?
- On dit de moi des choses en mal ...
- Arrêtes, laisses dire, je m'en fous, le principal c'est cette nouvelle rencontre que nous allons vivre, et cette fois-ci, essaies de ne pas pas me laisser partir.
- Oui, j'essayerai de réaliser tes rêves.
- Ça me fait bizarre de savoir, je me sens mal.
- Non Mireille, accroches-toi, n'aies pas peur. Ce que tu vas vivre réellement le jour du concert, je le vivrai aussi, çà me fera bizarre.
- Les autres on s'en fout, le principal c'est notre rencontre.
- Oui tu as raison.
- Vivons-ensemble cette histoire. Je serai ton sauveur, à deux çà sera plus agréable, tu ne crois pas ?
- Oui, tu as raison, on verra ce jour-là.
- Tu es une femme qui doit vivre et moi je t'ai choisi. Non tu n'es pas une lolita mais tu es celle qui sera plus qu'elle ne le croit. Avec

moi, tu pourras te sentir à l'aise, je vais te libérer. Sois souriante, on va te donner ta chance car saches que j'ai tout fait pour çà, que j'ai parlé de toi, toi qui était lueur à la cité de Carcassonne. Toi même tu m'as avoué à Gardanne que je t'inspirais. Mireille, je me répète, le jour du concert tu seras là en face de moi, tu auras le droit d'être privilégiée.

- Non, ce n'est pas possible, c'est dur à croire.

- Si Mireille, tu seras bien obligée d'y croire, çà arrivera. Reposes-toi l'esprit, tu dépenses beaucoup de ton énergie.

- Oui, je sais, je vais fermer les yeux et je penserai à ce jour qui me tarde. »

Depuis que je suis sortie de la cité de Carcassonne, très souvent il m'arrive de dessiner après mes écrits imaginaires ou mes proses.
Cette fois-ci, je fais un dessin avec un soleil, une étoile à quatre branches, une barque mythique, deux colombes ainsi qu'un chemin avec un arbre et deux cœurs. Pourquoi ces dessins ?
Je reprend l'écrit.

« - Mireille, saches que tu es à moi seul et à personne d'autre dans ton inspiration.

- Oui, je le sais, mais... si je suis vraiment à toi, pourquoi es-tu marié ?

- Je la quitterai.

- Non, je ne le crois pas.

- Comprends-moi, je n'aimerais pas te voir avec un homme !

- Mais je suis bien obligée d'accepter que tu as une femme.
Tu as bien de la chance que tu es profondément ancré en moi.

- Et toi, tu couches encore avec elle ! Tu te permets de me dire que je suis à toi, je n'aime pas partager ! Réponds-moi : dors-tu avec elle ?

- Oui.

- Eh bien, continues, gardes-là.

- Mais mes sentiments ont changé depuis que tu m'as fait savoir que je t'inspirais, que tu m'aimais de tout ton cœur, de toute ton âme. Tu sais cette nuit, je ne dors pas avec elle, je suis là devant la cheminée, seul. Je regarde les flammes et je pense à toi.

- Oui ... je veux bien te croire. Es-tu aussi fou de moi que je suis folle de toi ? Elles sont si jolies toutes les autres qui gravitent autour de toi.

- Mireille, ce n'est pas la beauté qui compte, tu as un charme, fais ressortir cette clarté, cette joie pour notre prochaine rencontre. Je sais, tu es triste, malheureuse de cette vie que tu mènes, ne jamais m'avoir auprès de toi c'est dur. Crois-le nous nous reverrons, et ton sourire sera là. Je sais, tu seras gênée au début, je te mettrai à l'aise. Je sais que tu vis un amour spirituel, je dois agir avec prudence et ne pas te brusquer. Tu vas commencer à te réveiller de cette histoire. Toi qui ne te doutes de rien, tu ne sais pas ce qui t'attends. Il faut y croire, ne sois pas aussi injuste avec toi-même. Depuis que tu as franchi les murs de la cité de Carcassonne, je savais que tu trouverais l'amour sain et pur. Depuis ce jour tu n'as cessé d'écrire et de penser à moi, une heureuse surprise t'attend. Je dois bien admettre que tu es une femme incroyable ! Jamais tu n'as baissé les bras, tu as toujours cru en cet amour, tu vas renaître dans une nouvelle histoire. Ce qui te tient le plus à cœur c'est l'amour dans l'âme, car personne ne t'a aimé comme tu aurais voulu l'être.

- Oui c'est vrai, comment sais-tu cela ?

- Saches que loin de ta présence, j'ai ressenti des choses, tu étais toujours dans tes pensées pour moi. Tu es quelqu'un de très fragile, il ne faut pas te blesser, tu l'as été assez pendant des années avec des hommes ne faisant que le mal. Il fallait que tu passes le chemin, tu vas réussir, tu es la femme à mes yeux bénie de toutes les femmes, tu as été choisie par ce monde invisible. Je me dois de t'aimer corps et âme, spirituellement aussi, avec honnêteté, respect, gentillesse et douceur, le veux-tu ?

- Oui je le veux, unissons-nous par cette vision où nous voyons bien des choses. Si tu le désires autant que moi, je serai la plus heureuse des femmes. Je ne veux que ton bonheur, et ne soyons plus jamais séparés ! Si nous avons été amenés à nous aimer spirituellement, nos corps doivent être réunis et cette fois-ci pour la vie. Une robe blanche avec un voile long de sept à huit mètres, toi mon amour, habillé avec ta plus belle chemise blanche, entouré de tous tes amis à cette union. »

Mon Dieu mais je ne vais pas bien ou quoi ? Je suis complètement dingue ! Ah ! Ces écrits, ils vont me faire devenir complètement folle, moi bénie entre toutes les femmes, c'est trop ! Ces écrits automatiques venant de je ne sais où, ils me font vivre dans l'irréel. Ah moi qui n'attend que l'amour ! Même si ça n'est pas réciproque pour lui, je l'aime au plus profond de mon âme. Mais bon, je le verrai, mais si peu.

« - Pensez à ce que vous pourriez faire ensemble ! Quelque chose, une histoire vécue réellement ! N'ayez pas peur ! Vous avez le droit d'avoir votre réussite, ce qui vous conduira à un meilleur état d'esprit. N'oubliez surtout pas que l'amour est plus fort que tout, que rien n'est perdu pour vous. »

Oh mon Dieu, je n'ai pas le droit de nier que je vis quelque chose d'anormal. Aidez-moi à savoir. C'est vrai, je suis une rêveuse, mais vu la situation de cette drôle de vie en ce moment, de rêver et d'imaginer cet amour, ça m'évite de craquer. Je dois vivre seule avec mon fils mais je ne dois pas m'oublier pour autant.
Moi aussi j'ai le droit d'espérer vivre heureuse un jour. Non, je ne me découragerai jamais. Je pense toujours à lui et je me dis : »Toi qui a ouvert mon cœur et mon âme, oui c'est vrai je n'ai rien de toi en retour que ma drôle de vie. » J'aimerais qu'elle soit différente, avoir l'esprit clair, ouvrir les yeux, avancer, et puis... l'avenir est loin. Malheureusement je continue à vivre à travers toi, que c'est triste ! Je dois garder les pieds sur terre, je suis bien seule, c'est vrai c'est beau dans le sens de l'âme et du cœur, c'est fou d'aimer ainsi, j'espère que tu ne m'en voudras pas. Pourquoi le transfert de mon amour pour ce militaire s'est-il opéré en toi ? J'ai fait un rêve cette nuit là. C'était à Marseille. Sa cote de popularité était plus grande. Il y avait dans une grande salle les musiciens de Anthony qui étaient assis en formant un cercle... puis le réveil a sonné. J'étais déçue.

«   L'amour.

L'amour est le plus beau,
la vie sans amour c'est le plus dur,
Vivre dans la solitude sans personne pour vous aimer,
Le bonheur de l'être se réjouit quand l'amour est là,
Pour enfin trouver notre joie de vivre,
J'attendrai le temps qu'il faudra,
Pour enfin aimer l'homme de mes rêves,
Pour enfin vivre dans le bonheur d'être deux,
Ressent-il qui je suis ?
Moi qui l'aime tant !
Que je suis prête à l'aimer,
Du plus profond de mon être.
J'aimerai quelqu'un qui saura que l'amour çà existe,
Je lui prouverai que je pourrai être entière,
Que pour lui je me soumettrai à sa volonté,
Il me chérira et me donnera son amour,
J'attends ce jour depuis si longtemps,
Que nos deux cœurs soient réunis. »

Enfin le jour du concert à Marseille est arrivé !
Je m'y suis rendue en train. Je ne sais pas pourquoi je me suis
habillée en noir. Vu l'heure à laquelle je suis arrivée en attente de
ce concert, je suis la première. Je pars dans un café, je m'installe à
une table et je commande une boisson. Quelques instants plus tard
un homme rentre, me regarde et me demande s'il peut s'installer à
la même table que moi, je lui réponds oui. Sans savoir pourquoi,
je me confie entièrement à cet inconnu sur Anthony, la cité et
toutes ces choses étranges qui me sont arrivées. Il m'offre à boire
à plusieurs reprises. Après une longue discussion, il s'absente et
me dit qu'il va revenir. Je n'attends pas et vais m'acheter un
sandwich et une boisson. Je retourne au café, il est déjà là et me
demande où j'étais.
Je lui ai dit que j'étais allée me chercher de quoi manger. Il tenait
son téléphone portable et communiquait. Il me dit :
- Viens avec moi, je vais te faire passer à la loge .

A ce moment précis je me suis dit : « comme dans mon rêve ! »
Je le suis et, arrivée à sa loge, je vois ses musiciens assis autour
d'une table. Dans la salle étaient disposées quelques grandes
bougies rouges et un long tapis de couleur identique. Il y avait
aussi un grand cadre dont le motif représentait une Sainte.
J'ose faire quelques pas mais je fais aussitôt marche arrière.
L'émotion était trop forte et je suis retournée à l'entrée de la loge.
Soudain, Anthony arrive !
L'effet a été troublant, nous avons eu mutuellement un large
sourire éblouissant. Il s'avance un peu, je recule un peu, je me
retourne, lui aussi, je sors. L'homme qui m'a fait entrer me
demande :
- Qu'est-ce qui t'arrive ?
- Rien, c'est personnel .
J'ai serré mon cœur avec mon poing, c'était comme un poignard
qui me transperçait. J'ai su retenir mes larmes. De première
arrivée je me retrouve la dernière. Je lui dis :
- Comment vais-je faire pour voir Anthony ?
Il me dit de venir avec lui et me mène devant la scène. Je me suis
assise sur le rebord de la scène.
Cet homme qui m'a amené s'en va et de loin il m'appelle.
Je lui réponds que je suis là. Le concert commence, je suis encore
plus émue. Sur la scène, il propose un verre à la foule, je n'ose
pas, c'est une fille prés de moi qui le prend et me le donne.
Après quelques chansons, il demande au public « Qui veut venir
chanter ? » Impossible pour moi d'y aller, une fille va sur scène
chanter.
Le concert se termine, elle est invitée à la loge, je fais quelques
mots mal écrits pour Anthony que je remets à une tierce personne
et je pars sans me retourner. La réalité m'a fait peur. Pourquoi ?
Parce que j'avais rêvé et imaginé cette soirée exactement telle
qu'elle s'est déroulée. Pendant que je repars, je repense au fait qu'il
n'a pas fait d'obstacle à ma présence puisque j'ai été invitée.
J'ai vu dans son regard qu'il avait été étonné que je parte de la
loge, je n'aurais pas du agir de la sorte. Je me répète mais c'était
vraiment trop fort pour moi de vivre ce moment dans la réalité.
J'avais du mal de croire que mon imaginaire et mes rêves s'étaient

réalisés. Je suis bien obligée d'admettre que je suis guidée par une force puisque j'ai écrit et rêvé avant le concert. Est-ce du à la cité ? À ce puits, à ce que l'on m'a fait boire ? Pour le moment, je n'ai pas la réponse. Je souhaite qu'au prochain concert je serai plus forte, que je n'aurai plus peur.

Quelques semaines plus tard, quelque chose me pousse à écrire de nouveau dans l'imaginaire.

« - C'est moi qui souffre dans mon cœur ! Je croyais revivre, renaître, être heureuse...
- Mais tu ne peux pas refuser le bonheur ! Je n'aime pas savoir que tu souffres autant et que tu pleures pour cet amour pur que tu vis. De toute cette vie passée avec des hommes qui t'ont rendu malheureuse, sachant tout sur toi, comment veux-tu que je sois dans le bonheur ?
- Mais comment l'as-tu su ?
- Je te le dirai le moment venu. Je sais que tous tes espoirs et que ta force en toi étaient pour voir et comprendre que je voulais rendre heureuse une femme. Je me dois de faire ce que j'ai dit, rendre une femme heureuse.
- C'est faux Anthony, jamais tu ne pourras. Ce n'est pas toi qui as vécu cet amour imaginaire.
- Oui, mais pour moi tu es ma dame de cœur.
- Oui, je le croirai le jour venu.
- Mais Mireille, je te rappelle, tu as dit que tu m'avais dans ton cœur et ton âme.
- Non ! Ce n'est pas vrai, ce n'est pas possible !
- Si, je l'avoue, tu es celle qui a un cœur et une âme ! »
- Ne m'en veux pas si j'ai agi ainsi ! Tu as chanté « tu es dans mon coeur » mais en réalité tu n'as jamais dit qui était dans ton coeur, ça peut être n'importe qui.
- Arrêtes Mireille, tu le sais que c'est toi.
- Non, tu n'invoques pas son nom ni son prénom, jamais tu n'oseras le dire.
- Ça c'est toi qui le dis. Ta prochaine surprise crois-moi, elle sera la plus incroyable.

- Ouais, dans dix ans, ou moins, ou beaucoup plus.
- D'abord laisses-moi faire, tu verras comme beaucoup pourront le savoir.
- Allez, j'arrête d'imaginer.
- Non, tu as le droit.
- Non, je suis fatiguée, je vais dormir. »

Ah mon Dieu, j'écris et j'imagine ... Quelle histoire ! Ah si ça n'était pas que des rêves et de l'imaginaire, je vivrais heureuse et pleine d'amour, mais non je reste seule à le vivre. Si tu croyais et voyais comme moi, tout changerait.Oui c'est vrai j'ai été invitée, j'ai vu son beau sourire et cela me donne toujours l'espoir que je peux être importante pour lui. Je veux y croire. Ma cervelle n'arrête donc jamais de penser à lui. Je l'imagine tellement là, que j'ai mon corps brûlant de désirs, j'ai envie de lui. S'il s'y oppose qu'il me le dise ! Qu'il vienne et me donne son corps, je l'aime, je n'en peux plus. De mes mains je caresserai son corps brûlant, de ma bouche chaude sur ses lèvres je l'embrasserai tendrement. Amour, mon tendre amour, je t'aime, viens, appelles-moi, dis-moi que tu seras là un jour réellement.

Quelque chose me fait reprendre le stylo. Le mystérieux personnage intervient à nouveau.

« - Comme c'est triste de vivre chacun de votre côté ! Vous ne vous êtes jamais oubliés, qui vous interdit de vous aimer ? Vous vous êtes revus, ni l'un ni l'autre n'a franchi le pas pour avancer et faire plus. Ce n'est pourtant l'envie qui vous manquait! Vous étiez trop émus après tant d'années. Vivre cet amour était trop dur pour toi, surtout que tu savais qu'il y avait eu bien des choses. Hier, aujourd'hui, toujours cette attente. Ne désespérez pas, un jour il y aura cette passion, ah quel obstacle que de vivre sans l'autre moitié à ses cotés ! »

Mon crayon à la main pour me dicter ma passion, le sens des mots doux de celui qu'on imagine, accomplir cet acte spirituel, quelque chose qui m'attire cette vivacité d'esprit pour sortir tout ce qui dort en moi depuis des années. Le temps passe et j'espère accomplir ce besoin qui me manque et qui m'engloutit dans ma solitude. Que le bonheur soit partagé et non dispersé, qu'il soit réel et non plus imaginaire, ma foi, ma force me donnent d'espérer qu'un jour le bonheur sera en nous.

«- Celle qu'on disait celle qu'on dira, celle qui n'a rien perdu de son âme et de son cœur, de l'amour de ses sens, éclaires-là! »

«   Amour tristesse.

      Le ciel est si sombre, comme moi,
      Ma chance me conduira t-elle vers lui ?
      Peur de ne pas être à son goût,
      Aller vers lui pour affronter le pas,
      Cet amour verra t-il le jour ?
      J'aime cet homme qui ne sait rien,
      Amour malheureux, amour tristesse,
      Maudit amour qui vous met en larmes,
      Pourra t-il ressentir ce besoin ?
      A t-il un cœur pour comprendre ?
      Crois-tu à l'amour comme j'y crois ?
      Que reste t-il de toi ?
      Sois toi-même, pourras-tu me remarquer ?
      Seul Dieu connaît la réponse.
      Toute émue je n'ai pas su m'avancer vers toi,
      N'ayant eu la force de te parler,
      Il y a tant de questions que je me pose,
      Pourras-tu comprendre les sens de mes mots ?
      Est-ce que je me suis trompée envers toi ? «

«   Les pensées.

      Perdue dans mes pensées je te revois,
      Dans le lointain souvenir,
      Mes yeux inondés de larmes,
      Ton âme me hante,

Ton esprit me transperce le corps,
Où est le temps,
Où nous nous regardions tendrement ?
Je réalise que je ne peux t'oublier.
Oh mon amour, malgré les années passées,
Tu as été et tu seras toujours là en moi.
Je t'aime d'un amour incroyable,
La force, la tendresse ne peuvent effacer l'âme,
Grâce à Dieu qui veut me voir heureuse,
Je dévoilerai les secrets que je garde en moi,
L'âme la plus pure que j'ai eu dans ma vie. »

Il m'arrive des choses que je ne comprends pas, pourquoi est-ce à moi que ça arrive ? Je ressens de plus en plus fort cet appel qui me vient de loin. Pourquoi avoir attendu si longtemps pour me faire savoir qu'il n'y a pas de retour. Je me sens faible à tout cela, je suis prisonnière de ta volonté, je ne regrette rien car j'ai tant espéré savoir si c'était toi l'homme de ma vie. Je ne sors plus et même les désirs de mon corps me sont interdits. J'ai tant espéré te revoir un jour ! Si seulement c'était réciproque ! Mon esprit est envoûté par des choses hors du commun.

« La certitude.

Toutes mes pensées sont pour toi,
Une illusion de cet homme,
Qui a changé ma façon d'être,
Loin de moi, que fais-tu ?
Espérer, c'est faire surface à la vie,
Mon esprit ne peut t'oublier,
Comment vivre heureuse sans ta présence ?
Ta voix, ton image me hantent,
Vivre pour souffrir le reste de ma vie ?
Pas cela mon Dieu !
Mes illusions vont-elles me condamner à tout jamais ?
Le droit de vivre dans la joie, le bonheur m'est interdit ?

C'est dur de surmonter toutes ces choses incroyables,
Tu m'as donné cette utopie d'un amour impossible. »

«   La vie.

J'ai cru en ton amour,
Je me suis trompée,
L'âme c'est autre chose,
On n'oublie pas c'est pour la vie,
L'âme réveillée je me souviens,
Moi qui t'attends, peux-tu y croire,
A cette histoire sans lendemain,
Je veux savoir pour comprendre,
Ne m'en veux pas je rêverai en silence,
Tu n'es pour rien à mon histoire,
La vie est faite ainsi,
Tu ne pourrais comprendre,
Ce que je vis depuis si longtemps. »

Toujours là dans mon esprit, pourquoi ? parce que je t'aime, que
je suis sincère, je ne fais pas semblant, je suis accroc de toi.
Je pensais que cette passion spirituelle aurait cessé après ces sept
années passées. As-tu pensé à cette réelle rencontre que nous
avons eue ? A Marseille, j'aurais voulu te dire l'intensité de cet
amour spirituel qui m'habitait pour toi depuis tant de temps !
J'aurai voulu te dire tant de choses. Oui, aujourd'hui je suis
consciente que je t'ai bien confondu. Je ne veux pas briser mes
pensées ni mes mots, pardonnes moi de t'avoir amené dans cette
histoire. Je n'aurais plus peur si j'avais une nouvelle occasion de te
parler. C'est trop dur pour moi une histoire sans fondement,
comme j'aurais aimé avoir la lumière ! Le problème, c'est que j'ai
été choisie j'en suis sure, par une force invisible qui m'a guidée
vers toi. Tu as toujours été mon sauveur pendant tous ces
moments de détresse. Grâce à cela j'ai pu renforcer ma volonté,
ma foi et ma force qui me disaient que rien n'était fini.
Que me reste t-il de toi ? Il y a tant de questions que je me pose.
Oh mon Dieu ! cet amour pur et sain me fera perdre la tête.

«   L'odeur des fleurs s'éparpille autour de tes lèvres,
Le son de ma voix s'envole pour te dire je t'aime,
Mes yeux reflètent cette lueur,
Dans mes songes, je vois ton sourire,
Amour de ma vie sois lumière,
Éclaires-moi pour te donner,
Mon âme et mon cœur,
Rallume cette flamme longtemps dans l'ombre,
Éblouis-moi de ta chaleur, de tes mots doux,
Délivres-moi de cette attente,
Éclaires-moi dans mes visions,
Je te garderai, rien ne pourra m'y empêcher,
Je vis à travers toi oui toi le magnifique,
De tes mains douces, enlaces-moi. »

Seule sans ton amour, les années passent. Je t'admire dans cet amour imaginaire. Oui je suis seule à le vivre mais il m'est indispensable dans cette vie que je mène. Je préfère être seule car les autres ne voient rien, n'entendent rien, et je suis bien heureuse d'avoir l'écrit qui me permet d'exprimer mes sentiments. En face de toi je n'oserai pas te dire tous ces mots qui seront éternels si Dieu le veut. As-tu compris mon amour ? Je veux y croire car je suis celle qui t'aime dans son cœur et son âme. De tout ce que j'ai pu obtenir des hommes, c'est cet amour qui est le plus beau pour moi.

Quand je m'exprime en écrivant, je suis ailleurs, dans mon monde invisible où tout m'est permis pour penser à celui qui est en moi.

«   Le rêve.

J'ai rêvé que tu étais là,
Prés de moi souriant gai,
La joie de se retrouver,
Enlacés dans nos bras,
Tu m'embrassais longuement,
Tu ne peux savoir comme j'étais heureuse,
Ce n'est qu'un rêve, si ça pouvait être réalité !

Mon rêve, un amour impossible, quel destin !
Croire à mon rêve, il n'y a que ça à faire,
Mais se réalisera t-il un jour ?
J'y penserai très fort à ce rêve,
Peut-être se vivra t-il dans l'avenir. »

Depuis le concert, j'ai rêvé de toi. Je ne t'ai rien dit, je ne pouvais pas. Je ne sais pas ce que je suis pour toi. Oui tes paroles en disent assez pour comprendre, mais tu dis que tu es dans mon cœur, ça peut être n'importe qui ! Bien sur, depuis longtemps tu es dans mes pensées, ça me fait souffrir. A l'occasion je me trompe, peut-être penses-tu à moi ? si c'est le cas j'aurai le sourire aux lèvres. Il y a une chose que je n'oublierai pas c'est sur, c'est ton plus beau sourire, ces bougies, cette sainte ... Penses comme tu veux, personne ne brisera ce qui m'est le plus cher au monde, ne m'empêchera de vivre cet amour à sens unique. Dans un de mes rêves, je te vois chanter, il y a trois filles. Moi de l'autre coté du public, je regarde ces filles tandis que tu continues à chanter, puis tu t'arrêtes, tu viens vers moi et tu me demandes si je dors.
Oui je dors mais il est vrai que pendant beaucoup d'années j'ai laissé enfouies mes pages. Ce n'était qu'un rêve, qui n'a pas le droit de rêver ?
Je pense à ton concert, je chante dans mon salon et là, des images me viennent. Des poussières tombent sur la scène et je suis là avec toi. Ah comme j'aimerais que ce soit réel ! Oui mais, sans ton accord, je ne peux t'obliger de le faire, tu es libre comme le vent ... et puis d'ailleurs tu es marié. Est-ce que ça vaut la peine d'attendre un homme marié ? Ton cœur est en pierre, une âme maudite, non ! j'espère que tu n'es pas ainsi. Ah ! J'ai toujours ces mots qui me viennent dans mon esprit quand tu m'as dis « tu dois vivre ».
Au fond de moi je ne suis pas heureuse, franchement quelle vie, mais je me remets vite, il m'arrive encore de rire et de déconner.
Je ne dois pas désespérer, je garderai cette force et cette foi qui me donnent le courage d'affronter seule mon chemin.
Bon allez, je vais téléphoner à ma copine Pauline pour aller à la plage, ça m'évitera de trop penser à toi. Après cet appel, nous nous retrouvons à Cannet-plage.

Nous nous garons au parking et nous prenons le chemin de la plage. Nous nous allongeons sur nos serviettes, puis nous nous aspergeons de crème solaire sur le corps pour éviter les brûlures par les rayons du soleil. Nous parlons de tout et de rien. Nous avions une soif d'enfer avec cette chaleur. Juste à ce moment, le vendeur ambulant passe. Nous lui achetons une boisson fraîche accompagnée d'un beignet à la fraise. Après avoir bu et mangé, nous prenons le plaisir de courir pour nous jeter à l'eau.

On s'amuse à déconner et on s'envoye de l'eau l'une sur l'autre, puis nous revenons nous allonger pour bronzer, nous faisons cela toute l'après-midi, quel plaisir d'être dans le sud, rien à voir avec le Nord. En fin d'après-midi, nous reprenons chacune notre voiture pour retourner chez nous. Mon fils est rentré un peu plus tard que moi, il avait passé l'après-midi avec un copain.

Après avoir préparé le repas du soir, nous mangeons puis nous regardons la télé. Ne voulant pas regarder la fin du film, je vais dans ma chambre poussée par une étrange sensation.

Une force inconnue me pénètre l'esprit et me voilà de nouveau à être dans l'imaginaire.

«   Amour de mes jours, de mes nuits,
Amour de mes sens je t'aime, j'existe,
Regardes-moi, écoutes-moi,
Toi l'homme de mes rêves,
Délivres-moi de cet amour utopique,
Qui nous laisse sans l'approche de nous sentir,
Corps à corps avec nos deux âmes donnant naissance,
Une nouvelle vie commencerait,
Toute cette attente de te revoir,
Ton regard, tes quelques mots,
C'était hier, crois-tu au jour comme moi j'y crois ?
D'être à nous aimer,
Ne laissons pas encore une fois,
Échapper cet amour,
J'ai besoin de toi mon amour,

Seras-tu là à me le dire, à me prouver,
Que je suis bien celle que tu attendais,
J'y croirai très fort, j'y mettrai toute mon énergie,
De ne voir que toi,
Aurais-je l'amour de ma vie à moi seule ?
Pour moi seule, toute l'éternité.
De t'aimer follement dans mes délires,
J'ai envie de ton corps chaud,
Collé à ma peau brûlante de désirs,
Tout en se caressant nous nous ferions l'amour,
Nous aurions gagné l'amour des sens,
Le plus pur de notre existence,
Mon amour, je ne peux plus attendre !
Sans ta présence cette solitude est si longue ! »

Voilà encore que je me remets à l'imaginaire ! Comme une sorte de voyage de l'âme, je suis transportée et poussée à écrire sans m'arrêter, sans connaître le contenu de tous ces dialogues qui viennent de moi et des forces invisibles.

«   Croire en l'amour.

Ne désespères pas à l'amour,
Tu arrives au bout de tes rêves,
Crois-y très fort tu y arriveras,
je te connais, ne te caches pas,
C'est dur de réussir, tu y parviendras,
L'amour c'est dur de le vivre sans être auprès de moi,
Je te comprends je vis la même chose,
Reviens vers moi et on se dira,
Repenses à cette rencontre, et ton cœur te dira,
Le jour venu tous tes espoirs seront là,
Je te suivrai, tu me suivras,
Imagines-toi heureuse d'être auprès de moi,
Penses à moi et ne pars plus comme hier,

Réalises tes vœux les plus chers à obtenir,
Vois la lumière et illumines tes sens,
Ne sois plus triste je pense à toi,
Tu es celle que j'attendais,
Étrange secret tu fais silence,
Je t'ignorais, je t'ai laissé, je ne t'ai donné la parole,
Je veux te voir me sourire et être toi-même,
Passes le cap tu auras la gloire,
Cette lumière guidée par tes sens,
Renaîtront toi et moi sur le chemin,
Vivons heureux, n'ayons pas peur !
Nous sommes des êtres,
Qui ne demandent qu'à s'aimer,
Laissons le temps faire les choses.»

Je ne veux plus me sentir mal dans mon cœur et mon âme.
J'aimerais vivre heureuse cette passion que j'ai pour toi, ne plus tomber dans le piège de ces êtres qui n'ont aucune âme !
Grâce à cet amour pur, je n'ai plus envie de connaître ce type d'humains. Ça m'est très dur de vivre sans être auprès de toi, je ne tiens pas à perdre ces pensées qui me sont chères. Si tu n'étais pas là dans mon être, qu'est-ce que je serais sans cela ? Rien !
Je t'aime plus que tout l'or du monde, tu es ancré au plus profond de ma mémoire. Je mettrai sur toi toutes ces énergies, cette force venue d'ailleurs, toutes mes ondes positives... Je veux y croire et j'aimerais te le faire croire.
Par les forces de nos ondes invisibles, par les temps voyageant dans l'air qui nous ont guidé à nous rencontrer, ce voyage que je porte en moi dans l'esprit est difficile à tenir. Il y a des caps, des moments à passer où je souffre de cet amour perdu au fond de mon cœur . J'allume la radio, quelques paroles d'une chanson étaient : « vivre la vie sans un amour, fuyant la lumière du jour. »
Ça me ressemble tellement ! J'écris avec les fenêtres fermées, moi aussi je fuis la lumière du jour pour passer mon temps à être dans mon univers. Quand je vois et comprends ce monde dans lequel je vis, j'en ai marre. Je suis avec un enfant qui a un comportement difficile, que faire ?

Ah mon Dieu si j'avais pu vivre mes passions, le théâtre, la chanson ... ma raison d'être et puis cet amour hors du commun ! Peut-être que tout aurait changé pour mon fils. Mais non, je n'ai rien aujourd'hui. Enfin si, j'ai cet amour qui vit à travers moi et je l'écris. C'est vrai, il y a eu la rencontre en réalité ! Certains m'ont dit « ouais c'est impossible, tu es folle ... » mais mon Dieu, ce n'est pas être folle que de vouloir la lumière ! Il est normal d'imaginer, de rêver, d'écrire, et toi tu le sais, je le sens, tu vas faire quelque chose. Ça me fait bizarre de savoir que tu peux t'intéresser à moi qui suis simple, dans la précarité, avec toutes mes galères dans cette drôle de vie ! Je suis la dernière roue de secours. Je ne peux pas le nier, tu es toujours avec moi dans mon âme ! Je vais reprendre mes esprits, je ne vais plus avoir peur, c'est la réalité, toi et moi, il s'est passé quelque chose. Ces sensations me donnent des larmes qui coulent comme une fontaine. Que j'aimerais avoir la couronne ! Je serais la plus heureuse des femmes, bien sur si j'avais ta présence prés de moi.

Je suis chez moi, occupée à faire le ménage, mon fils vient vers moi et me demande de l'argent pour aller jouer au loto foot. En revenant du bureau de tabac, il me dit d'abaisser le son, je chantais un air de Céline Dion « Pour que tu m'aimes encore. » J'ai donc chanté moins fort puis j'ai tout arrêté.
Ça le dérange quand je chante mais moi j'en ai besoin, c'est plus fort que moi. Il allume le téléviseur, écoute les informations avec le son très haut, à mon tour j'interviens et je lui dis d'abaisser le son.
Perdue dans mes pensées tout en cuisinant, je me disais que c'était toi et ton copain qui devriez me donner ma chance pour sortir de cette vie précaire. Pendant la cuisson, je vois sur le petit écran la gare de Genève, mon esprit est encore plus avec toi, j'imagine à nouveau la création et la réussite de cette histoire qui m'est si chère. Le repas est prêt, nous allons manger. Après avoir terminés, Geoffrey va au salon écouter le téléviseur. Moi, je fais le ménage et ensuite je vais dans ma chambre pour écrire tout ce qui me passe à l'esprit. La nuit tombante, on se dit bonne nuit et nous allons dormir.

Avant d'être sur mon lieu de travail, je prépare le déjeuner de mon fils et je vais bosser. Cet emploi se résume à faire le ménage des classes scolaires, et même à ramasser des feuilles mortes sur le sol de l'école. Je m'imaginais que toutes ces feuilles innombrables étaient des billets de banque. Quand je voyais l'agent d'entretien je lui disais haut et fort :

- Si j'avais autant de feuilles que d'argent, je serais très riche.

Il me répondait par un petit air moqueur ce con. J'en avais marre de les ramasser à la pelle, j'en ai fait des tas et je les ai brûlées. L'autre con passe à ce moment et me dit :

- Arrêtes le feu, tu vas faire cramer le lycée.

Après avoir éteint, je reprends mon activité : ramasser les feuilles à la pelle ! Ce travail me met dans un état ! Avoir les pieds noirs, les poussières, les mains sales... mais une femme, c'est fait pour être coquette, souriante, attirante, charmante, mais pas pour faire ce type de boulots ! Tous ces contrats de travail ne me donnent aucune fierté, aucune satisfaction, aucun plaisir professionnel. Malgré ce travail merdique, j'ai quand même connu quelques personnes avec lesquelles je pouvais discuter, partager des avis, boire le café ensemble ... mais bon, je l'ai fait parce que l'on ne m'a rien proposé de plus intéressant malgré mon CAP d'employée familiale. Il m'aurait fallu une voiture en bon état pour faire ce travail. Fin de la mâtinée, je retourne chez moi. Je repense avec une colère intérieure à ce qu'il m'avait dit « Je suis marié, tu dois vivre ».

Moi, je n'avais pas besoin de rapports sexuels, il était tellement en moi que cet amour me comblait tout en ayant mon corps brûlant de désirs pour cet homme, mais bon, je ne sais pas pourquoi, le 15 août, jour de la fête de la Sainte vierge, en allant chez une copine que je côtoyais, à plusieurs reprises j'ai vu Cédric, un homme à qui je plaisais. Moi depuis tant de temps sans sexe, je me suis laissée draguer. Et puis, d'ailleurs, lui que j'aime de toute mon âme, il ne se gêne pas ! Donc cette nuit là, la nuit des étoiles filantes, j'ai eu des rapports sexuels avec Cédric, mais bien sur, je me suis donnée à corps perdu en fantasmant et en pensant à mon amour. Ensuite, je suis retournée chez moi et je pensais beaucoup que je n'aurais pas du, mais bon, ce qui est fait est fait.

- J'ai compris que ça n'avait rien à voir avec l'amour, que ce n'était que du sexe.

Toujours inspirée, le crayon à la main, une réponse à cette aventure.

« - Mireille, je ne veux plus te voir avec d'autres !
- Mais prouves moi que tu m'aimes et que tu veux de moi, et plus jamais je ne serai aux autres. Je te croirai si tu es avec moi. Aujourd'hui je n'ai rien, je suis seule sans personne avec qui dormir à mes côtés.
- Ne me trahis plus, tu dois aller au bout des choses dans cet amour spirituel que tu as pour moi.
- D'accord je vis cet amour spirituel, mais si c'était partagé réellement corps et âmes toi et moi, je ne me serais pas offerte à un autre. »

J'ai revu Cédric et lui ai expliqué que je ne voulais plus de rapports avec lui. Oui bien sur je suis une femme, je suis libre après tout puisque je vis seule. Je devrais continuer, mais non. Je l'aime trop fort et personne ne prendra sa place, même si je vis cet amour sans sa présence.
Je veux que mon âme continue à voyager.
J'ai eu l'envie de retourner à la cité, mais cette fois-ci avec mon fils et ma petite »Bouboule ». Nous voyageons en train car ma voiture est en panne. Arrivés à Carcassonne, nous allons nous balader dans la ville et j'emmène mon fils à « Mac Donald », puis je décide de lui faire connaître la cité. Nous marchons dans les remparts, nous allons au bar à vin et à la Cathédrale Saint-Nazaire. Je lui ai fait voir l'hôtel où a séjourné Anthony puis nous rentrons chez un photographe car mon fils m'a demandé de le faire prendre en tenue de l'époque du moyen-âge. Geoffrey était heureux, il était habillé en roi sur la photo.
Après, nous avons visité un endroit où l'on joue des scènes théâtrales puis plus loin, une salle où étaient exposées les photos des artistes venus dans l'enceinte de la cité. Pendant la ballade, je lui paie une crème glacée.

En fin de journée, nous avons mangé des sandwichs et pris une boisson à une terrasse prés du grand puits. Durant toute cette journée « Bouboule » était avec nous, je lui donnais à boire et à manger. En soirée, nous avons pris le train et sommes rentrés au Boulou.

En 2002 je me décide une fois encore, motivée par des problèmes avec mon fils et pour nous ressourcer, à retourner dans le Nord. Comme en 1994, je reste quelques jours chez mes sœurs et je trouve rapidement un appartement. Je dois recommencer tout à zéro. J'obtiens des meubles pour une bouchée de pain à Emmaüs, je fais toutes les démarches prés les sociaux pour faire valoir mes droits. Toujours du travail précaire et saisonnier sans rentrée d'argent régulière, la vie n'est pas facile pour nous. J'ai une vieille voiture, on me donne des fringues, les repas nous sont parfois offerts par mes parents car le RSA ne permet pas de tout acheter. La vie quotidienne n'est pas brillante. Pourtant, j'ai effectué une formation pour adultes de commis en cuisines à l'école Jeanne d'Arc. Nous avons appris les bases, l'hygiène, les entrées, les plats, les desserts, les cuissons ... Exemples : les crudités, la blanquette de veau, le poulet basquaise, les poissons, le gâteau forêt noire, les pâtes brisées, feuilletées, les crèmes pâtissières, anglaises ...
J'ai obtenu mon CAP de commis de cuisine. Je connaissais déjà ce milieu et sincèrement c'est un travail où l'on est exploité au maximum. Un exemple, à L'aiguillon-sur-mer où j'étais employée, je devais faire la vaisselle, préparer les entrées, faire les plats, les desserts, courir d'un poste à l'autre et cela pendant des heures.
Ce n'est pas que je ne suis pas courageuse loin de là, mais là franchement, c'était prendre l'employée pour une esclave.
En plus, je devais faire 10 kilomètres de vélo pour me retrouver au chalet dans lequel j'étais hébergée avant de commencer ma journée. Honnêtement, je suis déçue d'avoir accepté ce travail.
La restauration c'est un art, l'art culinaire, mais tout dépend du poste que l'on occupe. Un grand chef restera un grand chef, j'admire leurs talents oui c'est vrai, mais quand on est commis !
J'ai profité du lieu et, en dehors du travail, j'allais ramasser des moules, je me baladais beaucoup, de temps en temps je m'achetais

une glace puis je prenais un verre sur une terrasse de café. J'allais m'allonger au bord de plage pas loin du chalet pour décompresser de ce boulot merdique. La saison terminée, j'ai perçu mon salaire et la patronne m'a donné le certificat de fin de contrat. L'amie de l'employeur m'a accompagné jusqu'à la gare. Arrivée dans le nord, je reprends mes habitudes, mon fils déjà adulte s'était pris en charge pendant mon absence. A l'office du tourisme, je remarque qu'il y a une brochure sur une association théâtrale pour amateurs à Avesnes. Je téléphone et après avoir discuté avec le responsable je me fais inscrire. Cela fait, je participe tous les mardis soirs aux répétitions. J'ai pu ainsi jouer des pièces dont l'avare et la cuisine légère ainsi que la mite, la chaise, la petite bonne femme, l'inconnue du festival de Cannes et le médecin de l'univers qui étaient des monologues. C'est un plaisir pour moi de jouer la comédie, je peux m'exprimer, être enfin à l'aise, être moi !

Ma situation précaire m'amène, comme chaque année, à faire les vendanges pour gagner un peu de fric. Depuis mon arrivée dans le Nord, je ne change pas d'employeur et comme chaque année, je pars en train à Coulommes la montagne, prés de Reims. Le fils de la patronne vient nous chercher à la gare et nous conduit sur les lieux où nous sommes logés dans un dortoir. Les hommes et les femmes disposent de chambres séparées.

Il est vrai que ce travail est dur, salissant, que lorsqu'il pleut c'est désagréable, on s'enfonce dans la boue, mais j'aime en contrepartie être dehors à l'air pur, et le travail ne me fait pas peur. Nous avons des pauses de dix minutes le mâtin et l'après-midi. A douze heures, nous repartons en camionnette pour le repas, c'est copieux et l'ambiance est agréable. A chaque fin de vendanges, les employeurs préparent une fête avec musique, danses, champagne, on s'amuse bien ! Le lendemain, chacun reçoit son salaire plus une bouteille de champagne, on se dit au revoir et chacun repart chez soi. Revenue à Avesnes, c'est à nouveau la routine avec mon fils et tous les petits soucis du quotidien. Après ces douze jours d'absence, je reprends contact avec les comédiens amateurs, ils m'annoncent qu'ils préparent une pièce à quatre, j'étais la cinquième ! On m'a dit de revenir l'année d'après ! J'en ai pleuré car j'aime tant le monde du théâtre où je peux me libérer, me livrer au public, exister ! Depuis que je ne suis plus dans cette association, j'ai donc appris un texte seule, mais bon, malheureusement il n'est pas exploité et joué en public. Même si je n'ai pas cela, je répète sans cesse dans ma chambre et çà me procure du bien-être. D'ailleurs, dans l'avesnois, comment réussir à vivre ce que l'on aime ? Oh mon Dieu, si la chance m'était donnée de vivre toutes mes envies !

En fait, quand je regarde la réalité de mon existence, tous ces obstacles sur ma route, c'est plutôt moche. Je garde ma foi, ma force, ma sagesse, l'espoir que tout n'est pas perdu.

Je suis heureuse ! J'apprends par internet que Anthony fait un concert à Béthune en septembre .

Mon rêve le plus fou c'était Anthony. Ce jour de concert sera pour moi le plus dur car il sait très bien que je suis partie de son invitation à Marseille. Oui je vais le voir c'est sûr, je n'aurai plus peur. je me prépare aussi : ça sera pelle ou râteau !

Seuls nous-deux pourrons décider, pour moi je sais que c'est pelle mais pour lui, qu'est-ce que j'en sais ? Rien réellement !

En écrivant je voyage, je rêve, qu'il en soit ainsi pour les deux âmes, les cœurs dispersés et chacun son chemin. Ce jour-là nos cœurs et nos âmes seront unis et si ma force est toujours là, enfin naîtra une histoire de ce monde imaginaire, mais mise en pages.

Le jour du concert à Béthune est arrivé. Je me place en dernière position, au fond de la salle. Mon état d'esprit est changé, je ressens moins les choses , mais je ne perds pas l'espoir pour autant. J'aime le voir, entendre sa voix, regarder sa chevelure, son visage ... Son concert m'a plu, je suis sortie et comme les autres, j'ai attendu tout naturellement un autographe.

Je ne m'étais pas trompée dans mes écrits, entre pelle et râteau, c'était malheureusement râteau. Je ne désespère pas pour autant, mes états d'âme pour lui je ne veux pas les perdre.

Mon plaisir c'est de vivre l'imagination, ça me fait rêver.

«   Éclaires-là de la poussière d'or,
Illuminée par ses sens,
Par ces mots qui lui sont chers,
Dans son cœur et ses pensées,
DIEU exaucera ses vœux,
Elle mérite le bonheur. »
De mes nuits seule à rêver,
Je voyais mon rêve se réaliser,
Tu étais là assis à mes cotés,
Nos sens se sont mélangés,
Pour n'en faire qu'un, un seul !
Une naissance se créera,
Nos deux âmes se sont comprises,
Ensemble nous nous regardons,
Ensemble nous ferons notre nuit d'amour,
Enlacés dans nos bras,
N'attendons plus, les années passent si vite,
Soyons ensemble avec nos sens,
Unissons-nous pour la vie,
Mon amour laisses-moi moi rêver !
Mon amour, mon doux et tendre amour,
Comblons ce manque d'amour,
Nos corps enlacés pour la première fois,
Prenons nos désirs les plus fous,
Donnes-moi ton corps je t'offrirai mes envies. »

«   Le soleil brillera pour la vie à venir,
Il nous enverra des rayons de soleil,
Dans un lointain avenir,
Éclairez-nous le temps du passé,
D'une histoire venant de la cité,
Ils rallumeront cette flamme,
Éblouissez-moi de cette lueur,
Qui deviendra grandiose,
Le soleil à travers ces nuages,
A franchi le seuil de l'espace,
A travers l'alliance de mes sens,

Que le vent souffle de mes ondes au lointain de toi,
Emportes ma voix vers toi,
Puisses-tu ressentir que je suis là,
Pour te donner cet amour que je porte en moi ! »

Les inspirations à travers mes écrits, venues de l'au-delà, me sont destinées. Elles sont là, ancrées en moi, personne ne pourra m'enlever cela car je suis protégée par cette puissante force me venant par l'esprit.

«   L'oiseau.

Tout doucement, l'oiseau s'approche,
Il enfouit dans son nid des plumes d'or,
La nuit brille, les plumes d'or illuminent le ciel,
L'oiseau s'envole au loin de ses ailes dorées,
Qui éblouissent le passage de ton chemin,
L'oiseau lentement se pose sur tes mains,
Sifflant au grand vent, musique fait le son,
S'envolant de ses ailes au grand vent,
L'amenant au sommet de la montagne,
L'oiseau franchi les ondes de l'esprit,
De son sifflement l'écho nous donne,
Sa musique mélodieuse. »

C'est bizarre cette prose sur l'oiseau! Très souvent, j'ai la tête ailleurs que dans ce monde où je vis. Tiens, je me souviens d'un autre rêve dans lequel j'avais une couronne sur la tête dans le jardin de l'Éden ! D'après ce songe, je serais autre que dans cette drôle de vie que je mène et je serai rayonnante, belle, joyeuse... Quelle belle vision !
Dans le système ce n'est pas vivable, on survit, et pour moi la chance ne m'a pas encore souri, je rêve, oui je rêve de ma raison d'être. Je vis avec des êtres qui ne peuvent pas comprendre ce que je pense et ce que je ressens. Çà me déplaît mais bon, je dois rester moi-même, tout simplement.

Mon âme continue à voyager et l'imaginaire se poursuit.

« - Sois positive ! N'écoutes personne autour de toi et va voyager à travers tes mots, nous serons deux. C'est normal, tu es une femme, et tu n'en as pas profité, mais je te donnerai tout ce que tu attends de moi. Je sais que tu m'aimes, tu as beaucoup souffert de ces hommes que tu as connus dans ta vie, aucun n'a su te donner ta raison d'être. Tu as gagné, je ne te laisserai plus jamais, et j'espère que tu réussiras à faire ton histoire, tu auras ta chance.
- Non, tu ne peux pas me la donner ma chance.
- Si je te la donnerai, je me souviens du concert à Marseille, tu étais vêtue de noir comme nous-tous. Tu es dans mon coeur.
- Tu n'as plus à avoir peur, tu vas arriver à ton rêve, tu ne dois pas y renoncer. J'espère que tu me feras voir tes écrits.
- Mais, c'est juste de l'imagination, et ma drôle de vie.
- Mais tu es courageuse d'écrire cette drôle de vie, et en plus avec de l'humour, les Dieux te protègent, les cieux sont avec toi. Tu écris, tu mets tout ce qui te vient à l'esprit. Tu as besoin de moi dans ton histoire, c'est moi qui t'ait guidé à travers les forces de ce monde invisible. C'est vrai, tu te dis que je n'ai rien fait. Je sais, tu t'es arrêtée d'écrire et tu as eu des sanglots. Pour toi ça sera la chose la plus incroyable. Mireille, tu es avec moi, tu le sais maintenant. Je pense à toi, à ton histoire, ça va se faire.
- Non, c'est pas possible.
- Je te comprends Mireille, tu as passé tellement d'années à espérer qu'il y ait quelque chose. Tu sais très bien qu'il y a eu quelque chose et ça ne va pas s'arrêter aujourd'hui ! Il y aura la naissance de cet amour que tu as tant espéré. Mireille, ne pleures pas, c'est ainsi. Tu mérites le bonheur, la joie, l'amour, même si ça te fait drôle de le savoir, tu le verras, ça sera ton mérite, ta patience, ton courage, ta sagesse, tes longues nuits seule, oui seule à rêver d'un homme, un vrai homme qui puisse te comprendre, t'aimer, te désirer, t'estimer, t'adorer, te chérir. Eh oui Mireille, tu as le droit à ça, ne sois pas triste, tu es si belle quand tu souris et que tes yeux rayonnent, oui tu auras ta chance, Mireille prends courage. »

Je me suis endormie et j'ai rêvé.

« Quelqu'un m'appelle. Madame Lombart Mireille ! Je reçois le trophée de la gloire, de la réussite. Après, c'est bizarre, je vois quelqu'un avec des yeux en larmes. L'artiste regarde qui a gagné le trophée. Je le vois allongé puis je rentre dans l'endroit où il se trouve, nous sommes ensemble. Au bout de quelques minutes une femme arrive. Sur son visage il y a des couleurs, elle n'est plus très jeune. Anthony part sans rien dire et là, je lui dis qu'il aurait tout de même pu me dire au revoir. »

Je me suis réveillée. Ce n'est pas croyable ce rêve !

«   J'aime avoir cette inspiration qui vient de toi,
         Malgré cette drôle de vie dans l'imagination,
         Tu me donnes l'envie d'exister,
         Être moi tout simplement,
         J'ai adoré te revoir,
         Ces instants ont été très courts,
         Tu resteras le seul que je désire autant,
         Oui tu auras du mal à le croire,
         Je te comprends, à ta place,
         Je n'y croirais plus,
         Ne perdons pas espoir, croyons-y,
         Unissons-nous par les liens sacrés du mystique,
         Nous nous devons notre amour,
         Notre bonheur et notre joie. »

« - N'ayons plus peur, le voyage que tu vis à travers ton âme va se terminer. Dans peu de temps affrontons nos désirs les plus fous, le feras-tu ?
- Et toi, le feras-tu ?
- Faire quoi ?
- Ce que tu désires le plus. N'écoutes plus les autres, tu vas t'en sortir, la lumière illuminera ce jour où tu viendras, prépares toi.
- Puisque tu le dis, je ne crois que ce que je vois, et je verrai le jour venu. »

« - Ils se sont trouvés par les forces invisibles, leurs sens, un rituel fait par leurs deux ondes leur donnant le droit de vivre dans un amour pur et sain, l'union sera pour ces deux êtres de s'aimer corps et âme, si Dieu le veut. »

Ah ! J'arrête d'écrire. Dans mes pensées, je lui dis bonne nuit, lui mon tendre amour adoré, merci mille fois de m'avoir fait vivre un amour pur et sain. C'est le plus vrai, le plus beau à mes yeux dans cette vie. J'espère que ça sera éternel.
Hier, j'ai écouté une émission qui parlait de Victor Hugo, et puis je ne sais pas pourquoi, comme d'habitude, il me vient l'écrit.
Il est vrai que ce n'est pas dans ma nature de parler de cette façon au quotidien. Ce n'est pas possible, c'est inexplicable d'écrire ainsi, qu'est-ce qu'il m'arrive ? Oui, dans ma vie de galère il n'y a pas de richesse, je la porte à l'intérieur de moi. Je rêve à une nouvelle vie et là je serai au mieux de mon être, peut-être que mon histoire me donnera le bonheur ? Mais mon histoire, personne ne veut la comprendre. Certains disent que ce n'est pas compréhensible d'aimer un homme sans sa présence !

«   Le soleil éblouit son visage,
        Éclaires-là, ne la laisses plus
        Dans ce monde qu'elle vit,
        Cette vie misérable dont elle est lasse,
        Donnes-lui cette clarté où tout lui sourira,
        Embrasses-là de ces mots qui lui sont chers,
        De ses pensées, elle plonge dans la détresse,
        De cet amour qui n'est rien,
        Malheureuse de ne jamais aimer cet homme,
        Qui pour elle vaut plus que tout l'or du monde,
        Embrasses-là de tes lèvres,
        Ouvres-lui ses sens,
        Elle ouvrira son cœur pour toi,
        Amour de sa vie, ne la déçoit pas,
        Fais ton chemin, elle te suivra,
        Ouvres-lui ton cœur,
        Ce long secret qu'elle garde,

A l'intérieur d'elle-même,
Donnes-lui ton amour, elle te sera fidèle,
Enlèves-lui ce mal,
Qui la poursuit depuis des années,
Heureuse elle sera si toi, oui toi,
Si tu lui donnes ton cœur, elle t'aimera,
De tes mains caresses-là,
De son corps qui t'attend,
Qui ne cesse de rêver, oui rêver,
Bonheur donnes-lui,
Son visage reflétera la lumière,
Ce visage si pale quand tu n'es pas là,
Sans ta présence auprès d'elle. »

Toujours j'ai l'esprit ailleurs pour me dicter mon imagination.

« - Mais Mireille, qu'est-ce qu'ils en savent de ce que tu as vécu,
rien ! Laisses-les croire ainsi, le jour où le miroir se brisera pour
toi, la vérité sera au grand jour.
- Oui j'aimerais que ça se termine cette rumeur.
- Mireille, pourquoi dis-tu ça ?
- Toi et moi, une histoire qui n'a pas de fin.
- Ton cœur et ton âme ont parlé, oui crois-y au grand jour. »
Tout est possible si on le veut vraiment. Moi je voudrais vivre
avec toi une longue histoire plus que de l'écrire car pour moi ce
n'est pas un jeu, l'amour ça fait mal. Normalement c'est pour être
heureuse mais non, moi çà me fait souffrir, et je ne veux plus
souffrir, plus pleurer. Je sais, je dois vivre, mais saches que mon
âme et mon cœur ne seront jamais dans la paix. Si je te revois là
oui, j'aurai mon âme et mon cœur joyeux. C'est comme ça, la
magie de ce monde imaginaire et je suis très consciente de le
vivre. Mon tendre amour où te caches-tu ? Je te cherche dans mes
nuits de solitude, tu t'en es allé à travers ton chemin. Je veux
croire que tu restes à penser à moi, je n'ai rien d'autre que mon
âme et mon cœur pour m'exprimer.

Toujours poussée par ce monde invisible, j'imagine et j'écris.

« Je ne peux pas croire que rien ne se fera. Mon Dieu, faites avec moi une alliance mystique pour unir nos deux âmes. Ensemble, combattons ces mauvaises ondes autour de nous.
Construisons un avenir plus serein, oublions le passé. Avançons avec nos âmes, n'écoutons que nous ! J'aurai ma raison et l'existence que je me serai choisie. Des forces des ténèbres je ne me laisserai pas attendrir. Je vais foncer, construire avec mes mots, aller là où le chemin me guidera, je suis seule, je fais attention car certains pourraient me barrer la route. Je n'oublie pas que je suis protégée, je fais tout pour arriver jusqu'à lui, mon âme promise. Je vais y arriver, ça sera pour moi d'être heureuse et de vivre ce bonheur tant attendu. Nos deux cœurs sont unis par le monde invisible depuis très longtemps, aujourd'hui je suis consciente de ce que je vis, d'ailleurs je l'écris, j'irai où mon cœur m'appellera, où mon cœur me guidera !
Je serai récompensée si Dieu le veut et je serai la plus heureuse des femmes. »

«   De ces quelques heures,
          Enlacés dans nos bras,
          Nous nous aimerons corps et âmes,
          Je sentirai tes mains sur mon corps,
          Tes lèvres chaudes sur ma peau,
          Mes mains partout te caressant,
          Charnellement nous nous désirerons,
          Je t'aimerai mon amour comme tu m' aimeras,
          J'attends ce jour depuis si longtemps,
          Ça se réalisera enfin, je t'adore,
          Toi le plus vrai à mes sens,
          Nous n'oublierons jamais cette journée !
          Qui sera gravée pour l'éternité,
          J'ai cru en cet amour, en cette passion partagée,
          Ne perdons pas notre bonheur,
          Personne ne nous brisera,
          Ce qui nous est le plus cher. »

Marre et lasse de cette vie ! Mon fils est absent, je suis fatiguée, je suis seule dans mon canapé à penser, un cahier et un stylo à la main.

Ah c'est l'été, il fait chaud et je prends ma valise. J'y avais mis ma petite toile de tente, un sac de couchage, un maillot de bain, une serviette, une paire de baskets, trois petites robes légères et quelques sous vêtements. Je vais à la gare acheter mon ticket de train et je m'achète un sandwich et de quoi boire. J'ai de la chance, juste une heure d'attente et je pars pour me rendre à Carcassonne. Le trajet est long, il fait très chaud dans le wagon, je ne suis pas seule à voyager, il y a une personne âgée à côté de moi qui a soif et qui n'a plus d'eau. Je lui donne le peu d'eau qu'il me restait ainsi que la moitié de mon sandwich car elle avait faim. Assise à côté d'elle, il y a une jeune fille qui est blanche comme un cachet d'aspirine.

Je lui demande :

- Quel âge as-tu ?

- 17 ans madame.

- Ah ! Mes 17 ans, que c'est loin, je me souviens ... et je lui dévoile les huit jours de bonheur que j'ai vécus avec ce militaire.

Je lui pose une question :

- Où vas-tu comme ça toute seule ?

- Je vais retrouver mon amour à Port-Leucate.

- Ah ! Port-Leucate, ça me ramène aussi dans le passé, les soirées en discothèque avec ma copine Pauline...

Je vois la mamie qui se sent mal :

- Je peux vous aider madame ?

- Oui, pourriez-vous m'ouvrir la fenêtre ? J'ai trop chaud, je me sens mal.

- Oui, sans problème.

J'ouvre la fenêtre du wagon, à ce moment là le contrôleur passe.

- Vos tickets s'il vous plaît mesdames.

Tout le monde est en règle. Les heures passent, avant mon arrêt j'aide la mamie à descendre du train. Un peu plus tard, me voilà enfin arrivée à destination de Carcassonne, et là tous mes souvenirs depuis plus de vingt ans me reviennent.

Je suis heureuse d'être dans cette ville.

Tout mon matériel de camping est dans mon sac à dos ainsi que mes fringues. C'est lourd, j'ai mal au dos. Fa ! quelle chaleur il fait ! Je vais aller me rafraîchir, je m'assois à une terrasse et je commande une eau de source bien fraîche ainsi qu'un sandwich jambon beurre. Je regarde les gens passer. Ah ! qu'est-ce qu'ils sont bronzés, moi je suis pale. Il est vrai dans le Nord c'est souvent la pluie.

Je dépose mon sac à dos à la consigne de la gare, je ne conserve que mon sac à main et je m'empresse de regagner la cité.

Je franchis à nouveau cette grande porte immense et je vais à l'intérieur. Je marche, je repense sans cesse à la légende de ce puits, à cet homme qui m'a tant inspiré à vivre seule un amour hors du commun, je revis mon passé en images. Mais la réalité est là, je suis seule ! Personne à qui parler.

Je vais directement à la cathédrale et là, c'est plus fort que moi, j'écris à nouveau quelques mots sur le livre destiné aux touristes, comme en 1993. Après cette visite à la cathédrale, je vais au bar à vin, je bois un verre, je me dis : »Et dire que c'est là que mon amour hors du commun était assis ». Je me rappelle de cet inconnu qui était venu prés de moi m'offrir un verre. Après je vais me ballader dans les remparts pendant des heures et je me souviens de ces trois hommes habillés comme des moines.

J'avais crié haut et fort dans la cité des paroles dont je n'ai plus le souvenir. Ensuite je me dirige vers le grand puits. Je repense à ce jeune homme qui m'avait fait boire quelque chose dans un étrange objet et qui m'avait dit « incroyable ». Toutes ces choses inexplicables m'ont d'ailleurs permis d'écrire des proses par la suite. Je repars à la gare récupérer mon sac à dos et je vais au camping demander s'il reste une place de libre pour installer ma toile de tente. Coup de chance, il y a un emplacement.

Je l'installe, je suis fatiguée du voyage et d'avoir autant marché dans la cité. Comme il fait trop chaud, je préfère m'allonger au dessus de mon sac de couchage et je m'endors très rapidement.

Après quelques heures de sommeil, étant en vacances, je prends mon temps, je vais me doucher, je m'habille de ma petite robe légère, mes petites baskets à la mode et je retourne en ville pour aller déjeuner à Mac Donald. Je retourne au camping pour prendre ma serviette de bain puis je prends le bus pour aller au lac de La Cavayère. Je descends du car, je m'installe sur ma serviette, j'enlève ma robe et me voilà en maillot de bain. Je m'allonge, je me badigeonne de crème solaire et je profite du soleil.

Avant de changer de côtés pour bronzer, je vais à l'eau.

Je reviens, j'achète une boisson fraiche à un marchand ambulant. Après avoir bu, je sommeille puis je m'endors. Je suis réveillée brutalement par les bruits d'enfants qui jouent autour de moi.

Je me lève et je vais jouer avec eux, nous faisons des châteaux de sable,nous allons à l'eau ... A l'appel de leurs parents les enfants s'éloignent. Au bout d'un moment j'ai trop faim, je vais m'asseoir à la terrasse du lac pour commander une pêche melba. Au bout d'un moment, je remarque un homme qui m'observe. Tout en me regardant, le verre à la main, il se dirige vers moi et me dit :

- Madame, vous êtes en vacances ?

Je me dis qu'il est bien curieux, puis je lui réponds :

- Oui.

- Pour combien de temps ?

- Je suis là pour une semaine.

- Voulez-vous prendre un verre ?

- Non merci, je mange ma pêche melba. Et d'ailleurs, pourquoi êtes-vous venu vers moi ?

- J'avais envie de parler.

- Bah, vu que je suis seule, je suis toute ouïe, je vous écoute.

- Je suis cinéaste, je viens passer quelques jours de vacances dans cette ville. J'ai su que beaucoup d'acteurs ont joué dans la cité.

- Ah oui ! Les visiteurs! Je connais, vous pouvez vous asseoir, ça ne me dérange pas. Vous savez, j'ai fait du théâtre mais bon, je suis déçue, ça n'était qu'en amateur, et puis j'ai écrit une histoire d'un amour hors du commun, très spirituelle, d'une manière ou d'une autre les gens s'en foutent. Ah ! par contre si ça vous intéresse, je l'ai écrit, j'ai fait enregistrer mes droits d'auteur. Il n'est pas encore publié mais j'en ai imprimé quelques exemplaires, j'en ai deux qui sont dans mon sac à main. Si vous voulez je vous en confie un si vous avez le temps de le lire ! vous êtes en vacances.

- Avec plaisir, je le lirai.

Il s'en va. De mon côté je vais rechercher ma serviette restée sur le sable, je me rhabille, je remets mes baskets et je retourne en bus au camping. Je m'allonge dans la tente et je prends mon livre que je relis. Ah ! j'ai faim, je vais aller me chercher à manger au magasin. J'achète une baguette, du pâté, une boisson et des pêches. Après avoir réglé ces courses je vais dans un endroit retiré pour préparer mon sandwich et savourer ce repas simple accompagné d'une boisson fraîche et de pêches en dessert.

Sur le chemin du retour, je regarde, non ! Ce n'est pas possible ! Je me trompe ou quoi ? Mais, on dirait... Anthony ! Comme je le vois de loin je ne suis pas sure et je poursuis ma route en allant à la grande place. Fa ! Il y a un monde fou. J'avance et je vois un grand podium où chantait un artiste avec ses musiciens.

Je regarde, j'écoute et j'applaudis avec la foule, puis fatiguée je rentre. Avant de m'endormir, je repense à cet homme que j'ai vu au loin. Le mâtin arrivé je prends ma douche, je m'habille, je déjeune et je repars me faire bronzer et me baigner. Arrivée au lac, quelqu'un me fait « coucou, coucou. Ah ! vous revoilà ! ». C'était le cinéaste.

- Allez, on se fait la bise, au fait, comment vous appelez-vous ?
- Alain ! Et vous ?
- Mireille ! Allons prendre un verre. J'ai lu votre histoire cette nuit, ça m'a plu.
- Ah ! C'est très gentil de votre part.
- Bon allez, on va se tutoyer si ça ne vous dérange pas.
- Non, bien au contraire, je préfère les tutoiements aux vouvoiements.
- Mireille, tu sais, dans ton histoire j'ai aimé les passages imaginaires et je me suis permis de téléphoner à un de mes amis qui est producteur.
- Pourquoi as-tu fait ça ?
- Ton histoire, on pourrait en faire un bon scénario.
- Ah oui, tu crois.
- Écoutes Mireille, réfléchis. Si ça t'intéresse, on pourrait construire un film avec ton histoire.
- Arrêtes de me faire rêver ! Je m'en vais me baigner.
- Non, reviens, reviens !

Je vais dans l'eau en marchant vite pour me rafraîchir.

- Pfft ! Il se fout de moi ou quoi ?

Soudain, qui ne vois-je pas derrière moi ? Alain.

Tranquille, il m'attrape par les hanches et me jette à l'eau !

Tout en criant, je m'énerve et je lui dis :

- Pars ! Vas t-en !

- Bon, écoutes Mireille, arrêtes de t'énerver, ce soir je t'invite au restaurant et nous discuterons sérieusement, si tu es d'accord bien sûr.

- Je vais réfléchir. Pour l'instant j'ai besoin d'être seule. Si tu veux tu peux me passer ton numéro, je te rappellerai si c'est d'accord pour ce soir.

- D'accord Mireille, voilà mon numéro et tu m'appelles si tu en as envie. Pour l'instant je te laisse, je dois partir.

La la la ce n'est pas croyable, mon histoire serait intéressante ! Non mais cà n'est pas vrai ! Bon allez, je vais me rafraîchir à nouveau et profiter du soleil avant de partir dans ma tente pour me reposer l'esprit. Au bout d'un moment je me décide de retourner au camping, je repense à ce cinéaste. Alors je l'appelle ou je ne l'appelle pas, après tout, je suis seule. Allez, je suis décidée, je vais l'appeler pour accepter son invitation au restaurant.

- Allô ! C'est Mireille à l'appareil, j'ai réfléchi, je suis d'accord pour ton invitation de ce soir. Je me prépare et comme je suis à pieds...

- Ne t'inquiètes pas, je viens te chercher en voiture. Seras-tu prête dans une heure ?

- Oui, mais je dois faire un achat en ville donc viens plutôt dans une heure trente.

- Okay, à tout à l'heure, sois prête.

- D'accord Alain.

Je ne me sens pas vraiment à l'aise, j'espère que ce n'est pas du bidon, je me sens nerveuse, il faut que ça m'arrive à moi.

Allez, je pars m'acheter une paire de chaussures pas trop chères, vu mes baskets, au restaurant c'est plutôt ... Quinze minutes plus tard je me trouve dans une boutique, je cherche et j'essaye plusieurs modèles à petits prix. Ah tiens, celles-là iront très bien avec ma petite robe blanche à fleurs.

Je passe à la caisse, je paie dix-huit euros et je repars au camping pour me préparer. Après une douche et un peu de maquillage, mes nouvelles chaussures, et je suis prête. Ah, le téléphone sonne.

- Oui allô, Alain ?

- Non, c'est Pauline.

- Ah bonjour Pauline, je n'ai pas beaucoup de temps mais il faut que je te raconte vite fait.

- Tu n'as pas le temps ! Tu n'as jamais le temps.

- Si mais là c'est important pour moi. Écoutes Pauline, je suis en vacances à Carcassonne et là je suis invitée au resto par un cinéaste que j'ai rencontré au lac. Il est intéressé par l'histoire que j'ai écrit, souviens-toi, je t'avais envoyé un exemplaire.

- Non... ce n'est pas possible Mireille. Eh bien, c'est peut-être ta chance, vas-y fonces ! Tu as tellement vécu et raconté cette histoire pendant des années, non seulement tu as réussi à en faire un bouquin mais en plus tu as un cinéaste qui s'y intéresse.

- Oui, tu sais je vais y aller à son invitation, mais bon, je n'y crois pas trop, faire un film de cette histoire. Bon Pauline il faut que je te laisse, j'entends klaxonner, attends une minute je vais voir qui c'est. Ah ça y est c'est lui, c'est Alain, ouah la bagnole !

- Non, un film ! Pourquoi pas ? Au fait, c'est quoi qu'il a comme voiture ?

- Ah je ne sais pas, je ne connais pas la marque, mais en tous cas elle est belle. Bon allez Pauline, il faut que je te laisse, je te rappellerai plus tard. Salut.

- Surtout n'oublies pas de me raconter comment s'est passée ta soirée. Salut.

- J'arrive, j'arrive Alain. Fa ! Tu as une belle voiture !

- En tant que cinéaste c'est normal, allez je t'emmène dans un bon restaurant, à l'auberge Dame Carcas, je sens que tu es nerveuse.

- Et bien je le connais, ce n'est pas loin du puits des fées, je n'ai jamais mis les pieds dans ce restaurant, c'est trop cher pour moi.

Alain gare la voiture au parking de la cité puis nous rentrons.

- Un petit apéro Mireille ?

- Et bien je ne bois pas d'alcool. Bon allez, exceptionnellement ce soir.

La serveuse arrive et nous tend la carte.

- Mireille, choisis ce que tu veux.

Je me disais : « hum ! Ça sera meilleur qu'un sandwich jambon beurre ! »

Au bout de quelques instants la serveuse revient et nous dit :

- Vous avez choisi Madame ? Monsieur ?

- Oui, un kir royal pour moi et ...

- De même pour moi.

Après l'apéritif, nous avons choisi un plateau de fruits de mer avec un excellent vin blanc. Comme plat de résistance, c'était du rôti de veau sauce aux cèpes, Alain a demandé un vin de château Saint Estèphe pour l'accompagner. Pour terminer, du fromage et les desserts : deux coupes de sorbets aux fruits rouges.

- Mireille, j'ai une affaire intéressante à te proposer, j'ai téléphoné à un ami qui est producteur et je me suis permis de lui faxer ton histoire. Il est intéressé par cet amour hors du commun et il serait prêt à investir pour en faire un film. Qu'est-ce que tu en penses ?

- Oui ! C'est formidable mais bon, laisses-moi du temps. J'aimerais que ça aille plus loin qu'un roman, laisses-moi me remettre de mes émotions, je dois réfléchir, buvons, mangeons, peut-être qu'avec du temps je te dirai oui !

- Prends ton temps Mireille, je suis encore là quelques jours, tu as mon numéro de téléphone, et puis tu n'as rien à perdre !

La serveuse revient :

- Alors, avez-vous apprécié ce repas ? désirez-vous autre chose ?

Alain répond :

- Oui, amenez-nous une bouteille de votre meilleur champagne avec le dessert s'il vous plaît.

- Je vous amène ça tout de suite monsieur.

Après un repas si copieux, je réfléchis à cette proposition. Je ne vais pas attendre plusieurs jours, je vais lui donner ma réponse tout de suite. Je dis à Alain :

- Alain, si j'étais d'accord pour le film, comment ça se déroulerait ? moi je ne connais rien dans ce monde là, ou si peu. Ah ! je me souviens quand j'étais toute petite, j'étais figurante à Avesnes sur helpe et Dourlers dans le feuilleton « les peupliers de la prétentaine », j'ai aussi fait de la figuration dans un autre feuilleton ...

- Mais Mireille, ce n'est pas ça qu'on te propose, c'est de faire de ton livre un film ! Le producteur voudrait t'acheter ton histoire.

- Laisses-moi encore un peu de temps, et si je suis d'accord je te téléphonerai, tu prendras contact avec ton ami producteur et j'espère que tu t'occuperas des démarches à faire, je compte aussi sur vous pour ne pas me tromper sur ce qu'il me reviendrait !

Le repas est terminé avec cette discussion qui m'a bouleversé, on se fait la bise, je le remercie pour tout, il me reconduit au camping. Malgré l'heure tardive je suis empressée d'en parler à ma copine. Après plusieurs tentatives d'appel, son téléphone décroche.

- Allô, oui, c'est Mireille, excuses-moi de t'appeler si tard, il faut que je t'annonce quelque chose.

- Mireille je dormais ...

- Oui mais écoutes-moi. Tout à l'heure je t'ai parlé du cinéaste, il m'a demandé si j'accepterais de lui vendre mes droits d'auteur, oh la la, le repas lui a coûté cher, du champagne, un super repas, tu en penses quoi toi, tu dirais oui ou tu dirais non ?

- A ta place Mireille, je n'hésiterais pas, vu la galère que tu mènes depuis tant d'années ! Moi je dirais oui.

- Je suis tout à fait d'accord avec toi, mais je vais le laisser languir un peu.

- Mireille, quelle chance que tu as d'avoir fait cette rencontre ! ça va changer ta vie. Penses à moi, ne m'oublies pas.

- Bon écoutes, si ça me procure un peu d'argent, je ne t'oublierai pas. Je viendrai te voir à Perpignan et je t'inviterai dans un bon restaurant. Pauline, vu que je t'ai réveillé, je vais te laisser repartir dans ton sommeil, je vais dormir moi aussi, me reposer l'esprit, je rappellerai Alain dans deux ou trois jours.

Après quelques heures de sommeil, je retourne encore à la cité qui hante mes souvenirs, j'ai toujours cette envie de me promener dans les remparts, faire les magasins, retourner au grand puits. Ensuite je vais en ville manger à Mac Donald et je vais dans une librairie m'acheter des cartes postales. Je m'installe à une terrasse de café, je commande un soda, j'écris quelques mots sur quatre cartes postales que j'envoie à mon frère, mes deux sœurs et mes parents. J'explique brièvement les propositions du cinéaste et du producteur pour faire un film de mon bouquin. Je finis mon verre, je reprends mon chemin et je vais me balader le long du canal du midi. Je prends plaisir à regarder une péniche qui passe et à écouter les chants d'oiseaux qui volent gaiement dans le ciel. Une odeur d'herbes fraîches parfume la nature agréablement. Je vois des amoureux se tenant par la main qui s'arrêtent pour s'embrasser tendrement et moi, je reste là, en solitaire. Mélancolique, je repense à cet homme qui m'a laissé seule à jamais dans ma détresse. Continuant ma route, une vieille personne marchant péniblement avec une canne passe prés de moi et m'interpelle :

- Madame, pourriez-vous me dire où se trouve la cité ?

- Vous prenez tout droit monsieur, vous tournez sur la gauche et vous y êtes.

- Merci madame.

- De rien monsieur.

Je retourne au camping et j'appelle Alain :

- Alain, j'accepte la proposition du producteur. J'espère que tu me trouveras un éditeur pour mon livre.

- Oui Mireille, c'est comme si c'était fait. Tu n'auras pas besoin de te déplacer, je vais t'expliquer comment faire par internet. Tu vas te connecter aux références de la maison d'édition que je vais t'envoyer. Tu leur fais parvenir ton numéro d'enregistrement ISBN. Ensuite, tu recevras un contrat numérique qu'il te faudra lire attentivement et vous traiterez la validation par signatures électroniques. Je te recontacterai plus tard pour les signatures du contrat de production audiovisuelle. Heureuse, je rappelle ma famille et ma copine pour les informer de cette bonne nouvelle. Je me promène dans le camping, ce soir il y a une fête. Assise tranquillement à une table, tout à coup, qui vois-je ? À quelques mètres de moi, Anthony ! c'était donc bien lui que j'avais aperçu il y a quelques jours, l'homme de mes rêves ! J'ai mon cœur qui palpite, il ne me voit pas. Je fais quoi ! J'y vais ou pas ? Ça y est, il se retourne, son regard éblouissant croise le mien. Ni l'un ni l'autre n'avançons, puis soudainement, dans un élan brûlant de passion, nous avançons mutuellement l'un et l'autre et nous nous

enlaçons, les yeux dans les yeux, avec une tendresse infinie.
Un doux, tendre et langoureux baiser sur nos lèvres assoiffées de
désir et l'on part s'asseoir à la terrasse. Je lui demande :
- Tu es où en ce moment ?
- Je loge à ce camping.
- Tu es venue avec ta toile de tente ?
Il sourit et me répondit :
- Non, je suis en camping-car ...
- Oh ! Excuses-moi, je suis trop émue.
L'orchestre se met à jouer un slow des platters « only you. »
Nos regards se fixent, personne ne bouge et puis, tous les deux on
se relève au même moment , on se donne la main pour aller sur la
piste. Cette chaleur de nos deux corps serrés l'un contre l'autre
nous faisait battre plus fort nos deux cœurs et cette envie de se
donner à nouveau un baiser. Après « only you », il y a eu
« Laisses-moi t'aimer » de Mike Brant et quelques autres slows.
Moi qui ne vivais que l'imaginaire de cet amour depuis tant
d'années, maintenant je le vis en réalité. Cette rencontre avec tous
ces moments de tendresse et de douceur me laisse rêver et me
restera gravée à tout jamais.
Toujours main dans la main, nous repartons nous asseoir à la
table.
Il m'offre un verre et me dit :
- Après si tu veux je t'invite.
- D'accord, je te suis mais il faut que je te raconte tout ce que j'ai
vécu depuis tant d'années.
Nous partons au bord de la rivière. J'ajoute :
- Es-tu encore marié ?
- En réalité si je suis ici, c'est parce que je suis divorcé, la solitude
me pèse. Moi aussi j'ai pensé à toi, au début, tu n'étais qu'une
lueur que j'avais aperçu à la cité. Tu m'as dit que j'étais dans ton
cœur et dans ton âme, que je t'inspirais, pourtant quand je t'ai
invité dans ma loge au concert de Marseille, tu es repartie sans te
retourner. Tu ne m'as rien raconté de cette inspiration que je te
donnais.
- Oui c'est vrai, tu sais, tu étais tellement dans mes rêves et mon
imaginaire. Il y a eu tout cet amour que j'ai vécu spirituellement

après mon passage au puits de la cité qui a duré sept années, chaque jour ! chaque nuit ! Après, ça s'est espacé mais tu es toujours là en moi.

- Mireille, es-tu heureuse ?

- Sincèrement je ne peux pas dire oui, si tu me disais de te suivre, de venir avec toi, oui là je serais heureuse. Et puis, on pourrait construire quelque chose ensemble comme chanter, jouer ensemble ! Je vais te donner à lire tous ces poèmes en prose réalisés grâce à cette inspiration que tu m'as apporté.

- Est-ce que tu les as avec toi ?

- Oui, ils sont dans mon sac à main, tiens, je te les donne ou tu préfères que je te les lise ?

- Oui ça serait mieux que tu les lises.

Il s'allonge sur l'herbe fraîche et je m'allonge prés de lui, la tête posée sur son torse. Avec émotion, je commence à lui lire l'histoire que j'ai écrit de nous. Après une longue lecture, il me dit :

- C'est très touchant Mireille, tu m'as vraiment aimé de tout ton cœur, tu en as souffert, c'est dur d'aimer un homme sans l'avoir auprès de soi.

- Oui je sais Anthony, mais qu'est-ce que tu y pouvais, rien ! Tu sais ma vie n'a pas été rose, moi qui n'attendais que l'amour, je n'ai rien eu à part des larmes. J'aimerais aussi réaliser tous ces désirs au fond de moi et qui me font mal comme de jouer au théâtre, chanter ... à quoi bon, dans la société, on n'est rien !

- Pourquoi ne le fais-tu pas publier ?

- C'est déjà fait. C'est grâce à Alain qui est cinéaste. Un producteur est même intéressé pour en faire un film. Je dois le rencontrer pour signer le contrat de production audiovisuelle.

- Mireille, je suis très heureux pour toi, donc si j'ai bien compris, je suis avec toi dans cette histoire ?

- Oui mon amour, c'est toi qui est le personnage principal. Pourquoi ? Ca te pose un problème ?

- Non, bien au contraire, je suis fier de toi. Mireille, il faudrait peut-être penser à se restaurer. Viens avec moi, je t'invite à mon camping-car.

Nous partons de la rivière et nous arrivons dans son camping-car.

Anthony dispose harmonieusement des bougies rouges sur une nappe de la même couleur. Il téléphone au traiteur pour commander l'entrée, le plat et le dessert ainsi que du champagne. Nous nous regardons tendrement. Le champagne vient d'être livré. Anthony en débouche une bouteille pour fêter ce moment tant attendu. Pour la première fois, nous trinquons pour de vrai, et je lui dis :

- A l'amour, à nous-deux ensemble pour la vie.

A ce moment là, c'est à nouveau un long baiser tout en se caressant nos corps enflammés de désirs.

Le traiteur arrive, nous livre le repas, se fait régler et s'en va. Anthony me dit :

- Mireille, installes-toi.

- Si tu veux je peux faire le service.

- Non laisses, je m'en occupe.

Je le fixe en le regardant faire le service puis on commence à manger l'entrée. A table on ne se parle qu'avec les yeux. Je ne sais pas ce qu'il lui prend, il se lève, vient me déposer un tendre baiser tout en me caressant le bras et retourne s'asseoir.

- N'aies crainte, je ne vais pas te dévorer.

- Non, je n'ai pas peur, après toutes ces années d'attente, j'ai l'impression que je suis en train de rêver.

- Mais non Mireille, tu es très chère à mes yeux, saches que je ne te ferai aucun mal, je suis très heureux de cette rencontre. Si tu pensais que tu n'avais pas d'importance pour moi, tu te trompais.

- Oui, tu t'intéresses à moi malgré ma vie misérable, de galère !

- L'important c'est ce que tu as à l'intérieur de toi, ton cœur sincère est bien plus cher pour moi que ceux de toutes ces femmes que j'ai connues.

- Tu en es sur ? Ce n'est pas pour me flatter Anthony que tu me dis çà ?

- Non. Je t'ai écouté attentivement quand tu as lu et sincèrement, tu ne pouvais pas mentir, c'était sincère, je ne veux plus te voir triste et malheureuse. Dés que le repas sera terminé, on boira une deuxième coupe de champagne et je t'emmènerai main dans la main à la cité, cette fois-ci tu ne seras pas seule.

- Non, je n'y crois pas, toi et moi ! Ah tu me donnes le sourire, j'en ai les larmes aux yeux, je suis très heureuse que tu m'invites à cette ballade, en plus à la cité.

- Allez Mireille, souris, passons au dessert.

- Ne bouges pas, j'y vais.

En revenant avec les glaces, je vois qu'il essuie une larme discrètement avec le revers de sa manche.

- Tu es triste pour moi ? Non, il ne faut pas car c'est grâce à ce que j'ai vécu spirituellement, à cette force du monde invisible que j'ai été dirigée vers toi. Tu n'y peux rien.

- Il faut que je te raconte Mireille, je suis allé il y a longtemps à la cité, bien avant que tu n'y ailles. J'ai fait des choses que je ne peux pas encore t'expliquer, un jour peut-être... Tout ce que je peux te dire, c'est que c'était pour rendre heureuse une femme, mais que celle-ci devrait d'abord passer par des moments très durs avant de pouvoir vivre son amour. Moi-même, je savais qu'il s'agirait d'un amour spirituel, rappelles-toi à Marseille !

- Tu dis que tu peux rendre heureuse une femme, mais cette femme c'est moi, et je suis là, devant toi !

- Mireille, mangeons le dessert, allons prendre l'air et partons à la cité.

- Oui Anthony.

Après avoir mangé nos glaces, il me prend la main, je ressens aussitôt une forte sensation de douceur et de bien être.

Nous marchons en amoureux en passant par des rues étroites tout en parlant et en riant, nous sommes joyeux.

Ce parcours me procure du bonheur ... enfin je suis heureuse !

Moi qui ait tant attendu ce jour ! Ça y est, nous sommes à la cité. Je ressens différemment les choses car pour la première fois je ne suis plus seule, je suis avec mon amour. Nous nous promenons et il m'amène au bar à vin.

- Ah ! Je me souviens ! Je m'étais assise là sur un tabouret, on m'a fait savoir que tu t'asseyais toujours sur ce siège. C'est ici qu'un homme est venu m'offrir un verre après l'un de tes concerts.

- Oui Mireille, c'est vrai, je m'assois toujours ici.

- Viens Anthony, j'aimerais que tu viennes avec moi jusqu'au grand puits.

Arrivés quelques minutes plus tard, je lui raconte :

- C'est ici que l'on m'a fait boire un « je ne sais quoi » dans un curieux objet. C'est après ce passage que je me suis mise à imaginer, à écrire, à rêver, à t'aimer spirituellement en privant mon corps de tous les plaisirs. L'ironie du sort a voulu que je vive cet amour imaginaire !

- Mais Mireille je l'ai compris. Quand tu as lu tes écrits, j'ai été ému. Ah maintenant il faut que je te le dise ...

- Dire quoi ?

- C'est toi qui est dans mon cœur !

- Je suis très contente de t'entendre le dire !

- Alors, es-tu heureuse ?

- Oui mais... tu vas me laisser de nouveau partir ?

- Non, je sais que tu es prête maintenant. Vivons ensemble notre amour.

- Je veux y croire si tu restes à mes côtés pour le reste de notre vie.

- Dans quelques mois j'ai quelques concerts à faire, je voudrais t'emmener avec moi, serais-tu d'accord ?

- Je t'aime tellement tu sais, que je te suivrai partout où tu iras. Sans ta présence je me sentirais mal et d'être auprès de toi je serais heureuse.

- Je suis heureux que tu me répondes ainsi. Moi aussi je t'aime, je ne veux plus te quitter .

Après cette discussion, nous repartons au camping, toujours main dans la main. Je demande à Anthony s'il veut aller au lac de La Cavayère. Il est d'accord et nous partons. Arrivés vers 23 heures il fait déjà noir.

- Peux-tu me prêter une serviette s'il te plaît Anthony ? et n'oublies-pas d'en prendre une pour toi!

Nous déposons les serviettes sur le sable et j'enlève ma robe pour mettre mon maillot, il se met en tenue également. Nous sommes tous les deux dans l'eau à jouer comme des enfants. Au bout d'un moment nous nous allongeons sur nos serviettes, et pour la première fois nous sommes corps à corps, la peau mouillée l'un contre l'autre, de nos mains nous nous caressons. Nos corps étaient brûlants de désir. Ce n'était pas l'envie qui nous manquait, mais c'était bien plus beau de se toucher et de s'embrasser.

Tous les deux nous nous endormons pour la première fois nos corps collés, nos cœurs battant très fort, on se disait des « je t'aime ».

Tôt le mâtin, nous sommes réveillés par un passant et son chien. Je dis à Anthony :

- Vite, on ne peut pas rester là ! Viens on va aller à l'eau avant de partir. Après on passera à la boulangerie s'acheter des croissants si tu veux ?

- D'accord Mireille, on déjeunera dans le camping-car. Allez, on retourne à l'eau et on y va.

De nouveau on s'amuse comme des gosses. On sort du lac et je le sèche avec ma serviette, il fait de même avec la sienne. Nous remettons nos vêtements et nous reprenons la route.

- Anthony, tu peux passer une de tes cassettes ? j'adore t'entendre chanter.

- Oui bien sur, si ça te fait plaisir.

- Ah arrêtes-toi là, il y a une boulangerie, j'arrive, je n'en ai pas pour longtemps.

Quelques instants plus tard, je reviens et je dépose les croissants dans la boite à gants. Anthony me dit :

- Comment as-tu trouvé cette nuit passée ensemble ?

- Pour moi, cette nuit a été la plus belle de toute ma vie ! Et toi ?

- Pour moi aussi, j'ai été heureux de dormir avec toi, j'attendais ça depuis si longtemps.

Pendant qu'il conduisait, nous nous caressions et nous nous témoignions beaucoup de messages d'amour et de tendresse.

Je lui faisais des petits bisous dans le cou. Il me souriait, j'aimais quand il me souriait, j'étais heureuse. Il m'a dit qu'il aimait aussi mes sourires.

Nous arrivons au camping-car. Je dépose les croissants sur la table, je prépare le café et le jus d'oranges. Pour la première fois nous déjeunons ensemble. Anthony prend sa douche. Sans qu'il ne m'entende, je me glisse dans la salle de bain et je lui dis :

- Veux-tu que je te frotte le dos ?

- Oui Mireille, ça ne te gêne pas ?

- Non, bien au contraire.

Tout en lui frottant le dos, je le désirais. J'entre dans la douche et de nos bouches chaudes on se fait des bisous. Nous arrêtons cette douche pour aller rapidement dans le lit. Pour la première fois nous nous aimons. Nous sortons de la chambre et je dis à Anthony :

- Écoutes mon amour, tu sais que j'ai déjà écrit des poèmes en proses. Pourquoi je n'essayerais pas d'en faire en vers et créer quelques chansons ?
- Pourquoi pas ? Essayes et tu verras.

Pour moi ça sera beaucoup plus dur je pense. Je me met à l'ouvrage et quelques heures plus tard, me voilà avec quelques paroles écrites.

«   Amour heureux.

    Émerveillée par tes beaux yeux,
    Tu m'éblouis je te désire,
    Mon cœur heureux je suis au mieux,
    Ton beau sourir' me fait frémir.
    Moi qui rêvait de te revoir,
    J'étais heureus' toi que j'ador'
    Tu me donn' la joie et l'espoir,
    Eclair' moi de la poussièr' d'or.

    De mes nuits seul' je dans(e),
    Tu tourn' autour de moi,
    J'ai mon cœur qui balanc'
    Je tourn' autour de toi.

    Ma richesse de cœur pour t'aimer,
    Amoureuse j'en ai des frissons,
    Mon corps frétille sous tes baisers,
    De nos deux âmes nous nous aimons.
    Nous avançons vers l'horizon,
    Le vent nous pouss' vers le lointain,
    Vers l'avenir nous voyageons,
    Avançons vers notre destin.

De mes nuits seul' je dans(e),
Tu tourn' autour de moi,
J'ai mon cœur qui balanc'
Je tourn' autour de toi.

Nous rayonnons de notre amour,
Tu es l'étoil' de mon bonheur,
Nous nous aimerons pour toujours,
Fidèl' en nos corps et nos cœurs.
Amour pour toujours pour la vie,
Quand tu me tiens je te souris,
Tu me conduis vers le sommet,
De notre histoir : l'amour parfait !

De mes nuits seul' je dans(e),
Tu tourn' autour de moi,
J'ai mon cœur qui balanc'
Je tourn' autour de toi.

De mes nuits seul' je dans(e),
Tu tourn' autour de moi,
J'ai mon cœur qui balanc'
Je tourn' autour de toi... »

«   Toi qui m'enchante.

Je me nourris de toi dans mes pensées,
Si tu n'étais pas là je coulerais,
Toi qui m'est précieux tu hantes mon esprit,
Tu es le fruit du jardin des délices,
Nos esprits nos corps seront purifiés,
Libres à jamais nous allons nous aimer,
Le soir j'allum' les bougies et j'écris,
De beaux poèm' de nos âm' attendries.

A toi toi qui m'enchante,
Toi mon étoil' filante,

Qui brille dans mes nuits,
A toi toi qui m'enchante,
Par amour je te chante,
Mes espoirs mes envies.

De ta guitar' un'(e) mélodieus' musique,
Fredon' l'air d'un' chanson mélancolique,
Qui enchant' tous mes sens et m'émerveille,
De nos deux âm' nos deux coeurs qui s'éveillent,
Toujours tu seras mon amour unique,
Tout ce qui vient de toi est magnifique,
Le royaum' de nos cœurs nous ensorcelle,
Dans un mond' éternel les anges nous veillent.

A toi toi qui m'enchante,
Toi mon étoil' filante,
Qui brille dans mes nuits,
A toi toi qui m'enchante,
Par amour je te chante,
Mes espoirs mes envies.

Souviens-toi toi qui est de l'autr' côté,
Cell' qui t'a admiré quand tu chantais,
Ta flamm' serait-elle rallumée pour elle,
Moi qui espèr' j'attends de tes nouvelles,
J'aim' ton corps chaud à l'odeur parfumée,
Envoles-toi vers elle pour l'enflammer,
Ouvres la port' tu es son rituel,
De ta magie pour elle tu l'ensorcelles.

A toi toi qui m'enchante,
Toi mon étoil' filante,
Qui brille dans mes nuits,
A toi toi qui m'enchante,
Par amour je te chante,
Mes espoirs mes envies.
A toi toi qui m'enchante,

Toi mon étoil' filante,
Qui brille dans mes nuits,
A toi toi qui m'enchante,
Par amour je te chante,
Mes espoirs mes envies... »

Ces deux chansons terminées, je demande l'avis d'Anthony.
Il me dit que c'est incroyable, que je me débrouille très bien et il
me félicite. Comme il est également auteur compositeur interprète
en amateur, il me propose de créer les musiques adaptées aux
paroles que j'ai écrites et me demande si j'accepterais de les
chanter. Je lui dis :
- Bah pourquoi pas !
Le téléphone retentit.
- Oui allô ! C'est qui ?
- C'est Alain. J'ai su que tu avais tout traité par internet. Ton
contrat étant validé, ton livre devrait se vendre très vite ! Déjà en
e-books et dans quelques semaines en livres imprimés. J'ai une
bonne nouvelle pour toi, ça y est, tu as rendez-vous à Paris avec le
producteur pour signer le contrat de production audiovisuelle,
heureuse ma petite ?
- Ouah ! Ce n'est pas vrai ! Ce n'est pas possible !
- Si, je t'envoie un mail pour les coordonnées et la date de cet
accord.
- Mais, je ne serai pas seule !
- Pourquoi ?
- Et bien, il faut que je te dise, au lac de La Cavayère, tu sais avec
qui j'ai passé la nuit ?
- Non, mais tu vas me le dire je suppose !
- Eh bien, le personnage principal de cet amour imaginaire, eh
bien c'est lui.
- Non, c'est sérieux ?
- Oui, tu veux que je te le passe au téléphone, il est juste à côté de
moi.
- Je veux bien te croire... Passes-moi le quand même s'il te plaît.
- Allez Anthony, prends le téléphone, il ne me croit pas !
- Allô c'est Anthony.

- Oui je sais mais j'avais du mal de le croire, donc vous connaissez son histoire.
- Oui elle me l'a lue. Le hasard a fait que nous nous sommes rencontrés à la fête du camping et...voilà.
- Mais c'est à peine pas croyable !
- Oui, c'est incroyable comme vous dites, mais c'est vrai. Je la conduirai moi-même à Paris pour ses contrats.
- Anthony, repasses-moi le téléphone s'il te plaît.
- Bon, monsieur merci, au revoir et à bientôt.
- Au revoir Anthony, c'était un plaisir.
Je reprends le téléphone.
- C'est Mireille. J'ai le bonheur assuré à cent pour cent ! Merci, merci, merci ! Bisous Alain, et merci encore.
- Çà me fait plaisir, bonne chance à toi et à bientôt. Je t'embrasse.
Je m'adresse à Anthony.
- Ah ! Que du bonheur ! Alors comme ça tu vas me conduire à Paris ?
- Oui Mireille, je ne vais plus te laisser seule, surtout que dans ce monde là il faut être méfiant. Je suis là pour te protéger.
- Merci d'être là pour moi. Mais... et tes concerts en ce moment ?
- Tu sais, les artistes n'ont pas des concerts tous les jours, surtout quand on est amateur, ma prochaine tournée c'est dans trois mois, le premier concert est justement à Paris.
Mon Dieu, qu'est-ce qui m'arrive, quelle chance pour moi ! Après tant d'événements, j'ai envie de m'allonger et me reposer l'esprit. Sans un mot, il vient s'allonger à côté de moi et nous nous endormons enlacés. Après quelques heures de sommeil, il me propose de partir à Biarritz pour rencontrer son ami Auguste.
- Je suis heureuse que tu me proposes ce voyage à Biarritz, c'était un de mes rêves, je voulais rencontrer ton copain et aller voir la statue de la Vierge, mais je ne n'avais pas les moyens d'y aller.
- Allez ! On règle nos frais de camping et nous partons. On mangera sur une aire de repos.
Nous partons en amoureux et en cours de route nous nous arrêtons pour manger. Le trajet a été très agréable, une bonne entente avec des petits sourires complices, des petits bisous que je lui fais sur sa peau douce ...

Le repas terminé, avant de reprendre l'autoroute, il téléphone à son copain :

- Allô Auguste, c'est Anthony.
- Anthony, qu'est-ce qu'il se passe ?
- Rien de grave bien au contraire, je suis en bonne compagnie.
- Ah je comprends, tu es avec une femme !
- Oui, te souviens-tu de cette femme qui vivait un amour spirituel pour moi ?
- Oui, je m'en rappelle, mais me dis pas que c'est avec elle que tu viens chez moi ?
- Eh bien si !
- Mais vous vous êtes revus où ?
- Bon écoutes ce serait trop long à t'expliquer par téléphone, je te dirais tout cela chez toi, tout ce que je peux te dire pour l'instant c'est que ça s'est passé au camping de Carcassonne. Nous serons là dans une demie heure.
- Comme d'habitude Anthony, je vais nous faire préparer une bonne bouffe. A tout de suite.
- Oui, et encore merci.

Arrivés chez Auguste, Anthony et moi rentrons ensemble, on se fait la bise, Auguste me regarde, il me fixe et nous dit :

- Assieds-toi ici Mireille, Anthony trouves toi une place, tu es chez toi ici !
- Fa ! Ça faisait des années que j'avais envie de vous rencontrer.
- Ah oui, et pourquoi cela ?
- C'était pour que vous m'aidez à rédiger mon histoire, et aussi parce que je savais que vous étiez un bon ami d'Anthony, mais aujourd'hui l'histoire ça y est, elle est publiée en e-books et dans quelques semaines elle sera dans les librairies.
- C'est très bien, vous avez réussi, mais... comment vous êtes-vous revus !

Anthony prend la parole :

- Le hasard a fait que nous nous trouvions dans le même camping à Carcassonne, lors d'une fête. Pour elle comme pour moi cette rencontre restera inoubliable ! Bon, je ne vais pas t'en dire plus, tu vois quoi !
- Bon allez, je vous offre l'apéro avant le dîner, après nous

106

passerons à table dés que le traiteur sera là.

- Nous ne resterons pas longtemps chez toi, je vais à Paris avec Mireille, elle doit y signer ses contrats. Je ne veux pas qu'elle y aille seule.

- Tu as raison Anthony, gardes-là précieusement auprès de toi. Trinquons ensemble pour votre union, à votre bonheur, qu'il ne s'arrête jamais !

Nous le remercions pour ses souhaits.

- Ah voilà le traiteur, nous allons pouvoir manger, asseyez-vous à table, je m'occupe de tout. Attendez, j'arrive, je vais chercher une bonne bouteille de vin.

- Moi c'est rare que je bois de l'alcool.

- Oh ne fais pas de chichis Mireille, ce n'est pas tous les jours.

- Bon, c'est bien pour vous faire plaisir, mais après je me mets à l'eau ou au jus de fruits.

Nous mangeons, nous discutons de mille choses, je lui demande :

- Auguste, j'aimerais me rendre au rocher de le Vierge, qu'est-ce qu'elle représente cette statue ?

- Tout simplement la lumière de Dieu.

Je souris, et ajoute :

- Eh bien moi aussi j'aurai la lumière, Dieu me la donnera.

- Bien sûr Mireille, avec cette rencontre toi et Anthony, Dieu t'a déjà donné la lumière, et puis tu as déjà la lumière du jour par ton livre.

Je crois qu'avec tout ce qui t'arrive tu seras la femme la plus heureuse et que tous tes désirs les plus chers se réaliseront.

Après ce bon repas, il nous propose le café.

Anthony nous dit :

- Attendez-moi, j'arrive ! je vais dans mon camping-car.

- Nous t'attendons.

- Ah Anthony, tu es revenu avec ta guitare.

- Oui, je vais faire de la musique et nous allons chanter ensemble. Ne vous inquiétez pas, j'ai pris mon répertoire.

- Tu vas nous fredonner quoi ?

- Le cœur en flammes, plus prés de moi, l'espoir renaît et les années inoubliables.

Après ces quatre chansons que nous avons interprétées, Auguste

nous dit qu'il est fatigué et qu'il va aller dormir, il nous propose la chambre d'amis. Avant de me coucher, je demande à Auguste :
- Pourrez-vous venir demain avec nous pour faire quelques ballades à Biarritz ?
- Mireille moi je préférerais que tu me tutoies, demain levez-vous tôt si possible.
- Oui d'accord, pas de problème. Avant d'aller au lit, Anthony et moi prenons une douche. Il vaut mieux, vu cette nuit qui sera de nouveau inoubliable.Tôt le mâtin, je suis réveillée par une agréable mélodie d'oiseaux et j'entends le bruit des pas d'Auguste qui descend les escaliers. Je regarde dormir Anthony allongé et je me colle contre lui. Il se réveille et me dit :
- Quelle heure est-il ?
- Sept heures trente. Viens, on va prendre une douche ensemble, après on ira déjeuner avec Auguste.
Après la douche et le petit déjeuner, nous partons à trois visiter Biarritz dans la voiture d'Auguste qui nous conduit en ville. Nous visitons d'abord la cité de l'océan qui est située en contre-bas du château d'Ilbarritz. Il y a des animations, des ateliers, des expositions, le musée Bonnet-Helleu, le château de Vaux-le-Vicompte, puis Auguste nous apprend qu'en ce moment, comme chaque année, il y a le festival international des programmes audiovisuels de Biarritz. Çà sera six jours de projections, la découverte de jeunes talents, des rencontres avec des créateurs artistiques, des débats et conférences.
Auguste nous dit :
- Est-ce que ça vous intéresse de venir faire un tour au festival ?
- Oui oui, ça m'intéresse ! toi aussi Anthony?
- Oui ça m'intéresse le septième art.
Nous commençons à aller d'une salle à l'autre pour regarder des films de nouveaux talents, je ne comprends rien !
- C'est du chinois ou quoi ? Anthony, peux-tu m'aider à interpréter... Oh pis non non non, partons ailleurs!
Auguste se mit à rire et ajoute :
- Changeons de salle, pour Mireille ça sera moins compliqué, elle ne comprend pas les langues étrangères.
En prenant les couloirs, qui vois-je ? Alain, mon cinéaste.

- Alain! Que fais-tu ici à Biarritz ?
- Et bien, c'est mon travail qui m'amène, et je dois rencontrer des producteurs. Et en plus j'ai une bonne surprise pour toi Mireille.
- Ah bon ! Pourquoi ? Laquelle ?
- Dans la salle à côté, le producteur qui s'occupera de ton histoire est là, tu vas pouvoir le rencontrer aujourd'hui, je vais te le présenter. Vous êtes ensemble ?
- Oui. Au fait, comment s'appelle le producteur ?
- Christophe.
Arrivés dans la salle, suivie par Anthony et Auguste, Alain me présente le producteur.
- C'est donc vous Mireille, l'auteur d'un amour hors du commun. Quand le scénario sera prêt, le film sera tourné avec des comédiens professionnels, il faut souhaiter que ça sera un succès. Saches que tu auras ton nom sur le scripte.
- Ah bon ?
- C'est logique Mireille, c'est toi qui est l'auteur de l'histoire. N'oublies pas que dans trois jours tu dois venir à Paris pour signer.
- Non, ne t'inquiètes pas Christophe, je n'oublie pas.
- Bon, pour fêter ça, je vous invite à boire un verre.
- Oui Christophe, c'est très gentil, nous te suivons.
- Allons tous ensemble boire le verre de l'amitié, et j'espère que tu auras de la chance pour ton livre.
- Je l'espère bien, si le livre se vend bien, peut-être ça sera de même pour le film.
- On verra, allons boire un verre.
Ah c'est pas trop tôt, dit Auguste.
- Pareil pour moi, ajoute Anthony.
Tous ensemble nous allons boire notre verre.
- Excusez-moi mais nous sommes attendus à la salle pour un débat. Bonne fin de journée, dit Christophe.
Alain nous fait la bise et accompagne son ami producteur.
Nous regardons quelques morceaux de films puis nous sortons du festival pour aller visiter le jardin botanique littoral Paul Jovet. C'est un grand jardin de deux hectares et demi posé sur une falaise avec une vue magnifique sur l'océan. Après avoir apprécié toutes ces belles choses en compagnie d'Auguste et d'Anthony ainsi que

d'avoir eu cette rencontre avec Christophe le producteur, je peux dire que j'ai passé une journée sublime. Vers dix-huit heures trente Anthony nous suggère une soirée brochettes. Je me propose de les préparer.

Arrivée à la boucherie, je fais une commande de bœuf et de mouton en morceaux, chez le primeur je prends des oignons, des tomates et des poivrons.

Les courses terminées je retourne dans la voiture et nous allons chez Auguste. Arrivés, je demande où se trouve la cuisine.

Les hommes s'occupent du barbecue et de l'apéro pendant que je prépare les brochettes, celles-ci terminées je les apporte à Auguste qui se charge de les mettre sur le grill. Nous prenons plaisir de manger, discuter et de voir l'avenir serein. Sur un fond musical mélancolique, Auguste nous lit une histoire. Nous étions tout ouïes et apprécions ces quelques pages de lecture. Après cette super journée, Auguste nous dit bonne nuit et nous allons dormir.

Après une longue nuit d'amour et de sommeil, nous nous réveillons ensemble et nous descendons à la cuisine en tenues légères.

Anthony qui connaît bien les lieux prépare le café. Je pars à la boulangerie chercher des croissants et des petits pains au chocolat. Quand je rentre j'entends Auguste qui discute avec Anthony sur les chansons que j'ai préparées. Arrivée dans la cuisine ils changent de discussion mais ça va, ils ne parlaient pas en mal. Auguste déjeune seul, rapidement, et pars à un rendez-vous important. Je déjeune tranquillement avec Anthony et je lui demande ce que nous allons faire ce jour là. Il me répond :

- Mireille si tu veux nous allons faire une ballade à cheval. As-tu déjà monté à cheval ?

- Oui, à dix-huit ans j'en ai fait un peu à Argelès-sur-mer. Fa ! Lalala la scelle me faisait mal aux fesses.

Cette fois-ci, Auguste absent, nous partons avec le camping-car jusqu'au centre équestre. Nous louons deux chevaux, Anthony a le noir, je choisis un magnifique cheval à la crinière épaisse, sa robe est blanche tachetée. C'est parti pour une ballade qui commence à la pointe Saint-Martin prés du phare. A un moment donné je tape sur le cheval qui se met à galoper mais Anthony me rattrape et ralentit la bête. Nous faisons une halte en bas du rocher de la vierge. Nous visitons aussi des jolis coins du littoral et nous retournons rendre les chevaux au centre équestre.

Nous rejoignons notre ami chez lui et nous mangeons le dernier repas avant notre départ. Après ces quelques jours chez Auguste nous le remercions chaleureusement pour son accueil.

Nous préparons la valise et nous prenons la direction de Paris. Le trajet est assez long, pas loin de huit cent kilomètres. Il fait trop chaud dans le camping-car, la climatisation était en panne. Nous buvons beaucoup d'eau avec cette chaleur, trente-sept degrés à l'ombre. Nous savourons ces moments d'être unis pour aller faire un break à Tours, se restaurer, boire un verre ...

Voyant des affiches du festival, nous profitons d'aller voir et écouter ce qui se passe à l'American Tour. Nous écoutons de la country et d'autres spécialités musicales américaines. Çà n'a rien à voir avec la musique française ! Mais bon, c'est pour nous un moment de détente et de relaxation. Il y avait un monde fou, nous ne sommes pas restés trop longtemps avec cette foule, nous préférons aller dans un endroit plus calme.

En dehors de la ville il y a un grand parc, nous nous allongeons sur l'herbe et nous nous amusons à faire des cabrioles, on profite de ramasser des cerises amères sur des arbres sauvages, bah ! elles n'étaient pas bonnes. Nous retournons au camping-car pour terminer notre trajet. Avant d'arriver à Paris je téléphone à Christophe pour le prévenir de notre arrivée dans la capitale.

Le soir venu, nous décidons de dormir à l'hôtel. Fatigués nous dormons tôt car le lendemain c'est un grand jour pour moi. Je vais me faire jolie, je veux être au mieux. Anthony m'accompagne jusqu'au bureau du producteur. On nous fait attendre puis une employée nous demande de rentrer. Après les formules de politesse nous discutons et Christophe sort les contrats de cession de droits d'auteur. Anthony les lit, je lis à mon tour et d'un commun accord nous signons. En voyant la somme sur le chèque je comprends que mon train de vie va changer. Je suis très heureuse. Avant que nous ne repartions, Christophe nous offre le champagne. Une fois sortis, comme Anthony est heureux pour moi, il me propose d'aller en Suisse à Lausanne.

Je saute de joie ! Moi qui rêvait tant d'y aller, lui mon amour, il va m'y amener !

Avant de partir de Paris, je demande à Anthony de me conduire à un garage, je vais m'acheter un véhicule neuf. Nous y allons, je choisis une belle voiture de couleur rouge. Après les formalités, règlement, assurance ... je demande à Anthony :

- Anthony, veux-tu aller au lac de Genève ?

- Bien sur Mireille, après on ira chez moi à Lausanne, la route sera longue, tu me suivras avec ta nouvelle voiture jusqu'à Genève.

Nous faisons plus de cinq cent kilomètres et nous arrivons à Genève.

Le lac est magnifique et le paysage est resplendissant !

Nous restons quelques heures au bord du lac à nous baigner et prendre des bains de soleil. Anthony m'invite ensuite à aller chez lui, nous reprenons la route, direction Lausanne. Dés que nous rentrons nous déposons les bagages, il me demande si je me sens bien. Je lui dis oui, que je me sens à l'aise chez lui. Le téléphone retentit.

- Oui allô.

- C'est Auguste. Peux-tu me passer Mireille ?

- Oui, pourquoi ? Bon, je te la passe.

- Oui allô bonjour Auguste, c'est pourquoi ?

- Vu ton imagination, serais-tu intéressée pour faire toi-même ton premier album, tu ferais les paroles, tu chanterais et Anthony s'occuperait de composer la musique.

- Et bien ça tombe bien, j'en ai quelques unes de faites, Anthony m'a félicité.

- Pour l'interprétation, pourquoi pas moi ?

- Dés que vous avez un moment venez chez moi, penses à ce que je t'ai dit Mireille !

- Merci, on verra. Je te repasse Anthony. Bisous et à bientôt.

- Bon, Auguste, je te rappelle dans quelques jours, on verra si Mireille est décidée. A plus.

- Okay, à bientôt.

Je dis à Anthony :

- Ouah ! Ça me rendrait heureuse si mes paroles plaisaient !

Mais bon, on verra bien. Je n'ai pas beaucoup de textes en vers, il me faudrait beaucoup plus de temps, le problème c'est que mes vacances se terminent bientôt ! En plus, je ne serai plus avec toi.

- Mireille, nous avons été des années sans nous voir, j'ai lu ton histoire et je suis fier de toi. Je ne peux pas te laisser, tu es quelqu'un d'incroyable. J'aimerais que tu fasses plus de texte. Penses-tu pouvoir y arriver ?

- Oui mais, tu sais bien que je dois partir bientôt !

- Non Mireille, toi et moi il faut que l'on aille plus loin ! Ton secret était celui d'une femme vivant un amour seule, spirituellement. Si tu pars, je sais que tu seras malheureuse et je veux te rendre heureuse. Veux-tu rester encore avec moi, là, chez moi ?

- Oui, mais m'aimes-tu toi ?

- Mireille, saches que si tu es là aujourd'hui, même si je ne te l'ai pas encore dit, c'est parce que je t'aime depuis longtemps ! Je t'avais dans mon cœur et dans mon âme, je gardais cet amour en secret. Ça m'a été très dur de vivre te sachant si loin de moi. Oui tu auras du mal à le croire mais rappelles-toi de la cité et des concerts, surtout celui de Marseille, c'est toi qui est partie ! Allez, ne pensons plus à hier et vivons nos moments les plus fous, si tu acceptes bien sur. Quant aux écrits, tu en es capable, ne baisses pas les bras, je serai là à tes côtés.

- Je suis très heureuse que tu puisses enfin être là avec moi et avancer. Qu'allons-nous faire aujourd'hui ? Après tout, je peux commencer à créer des chansons, il me faudra du temps.

- Allez Mireille, viens, on va faire une ballade. Je vais te présenter à des amis.

- Non, j'ai envie de travailler maintenant.

- Avec un beau temps comme ça ?

- Oui, je n'ai plus de temps à perdre. Si les chansons que je vais créer plaisent, toi qui es aussi musicien, pourquoi ne créerais-tu pas la musique pour ce que j'ai déjà écrit ? Et moi pendant ce temps là je continuerais les paroles.

- D'accord, mais saches que je dois aussi préparer mon concert qui a lieu dans trois mois. Il me faudra du temps pour ça et encore plus pour créer ta musique ! Quand elle sera prête, j'aimerais que ce soit toi qui chantes. Es-tu d'accord Mireille ?

- Oui pour créer et chanter.

Comme j'ai déjà composé quelques chansons, Anthony peut commencer à composer la musique, je continue d'écrire. Pendant ces dures journées lors des moments de pauses, nous étions plein de tendresse. Nous allions en ballades, au restaurant, au lac pour nous baigner ... Un mois s'est écoulé, le téléphone sonne.

Anthony répond :

- Oui ... Ah c'est toi Auguste.

- Oui, je te téléphone pour savoir si ça avance pour l'album de Mireille.

- Nous avons travaillé très dur, dans quelques mois les paroles de toutes les chansons seront prêtes, quant à moi je me charge de créer la musique de Mireille, sans oublier que je prépare mon concert. Je crois en Mireille pour sa réussite l'année prochaine. J'espère qu' avec sa volonté et son courage, ça portera ses fruits !

- Eh bien, je suis très heureux pour vous, saches que tu peux m'appeler et venir quand tu veux avec Mireille.

Je vous souhaite à tous les deux bonheur et réussite. Remets le bonjour à Mireille et bonne chance pour elle. Salut, à bientôt.

- Je te remercie pour ton appel, à bientôt.

Anthony dit à Mireille :

- Il va falloir que l'on s'y mette ! Aussi bien pour toi que pour moi, il y a du travail.

- Oui Anthony je sais, ça prendra beaucoup de temps mais il nous faudra aussi faire des pauses, sortir de temps en temps pour décompresser.

- Je ne te le fais pas dire, tu as raison.

Nous sommes tellement heureux ensemble que nous n'avons plus envie d'être séparés. Pour ne pas oublier les liens de la famille ainsi que quelques amis, je téléphone et explique ma nouvelle situation. Je leur précise que je prépare des chansons, qu'Anthony compose la musique et que je serais heureuse si mes tubes plaisaient. D'ailleurs, je suis une grande rêveuse, et puis Anthony fera tout pour que je réussisse. Je lui fais lire les quatre nouvelles chansons que j'ai créées.

«   Mon cœur s'enflamme.

Mon âm' s'envol' dans l'univers,
Dicter mes sentiments en vers,
De mes nuits blanch' seul' à jamais,
Etrang' j'y suis je veux t'aimer,
Oui j'ouvrirai mon cœur pour toi,
Et le tien s'ouvrira pour moi,
Toi le magnifiqu' tu existes,
En évolution je persiste.

C'est bien plus vrai l'amour dans l'âme,
Bien plus pur que ces fill' de joies,
Bien plus beau moi qui m'enflamme,
Je me donn'rai entièr' pour toi.

Ces deux âm' dans l'obscurité,
Retrouvées pour ne plus s'quitter,
Voyant le jour de cett' passion,
Baisers sur tes lèvr' par millions,
Toi que j'attends t'es ma passion,
Électrique' je suis sous tension,
J'inscris mes mots pour t'envoyer,
Ces mill' baisers pour t' réveiller.

C'est bien plus vrai l'amour dans l'âme,
Bien plus pur que ces fill' de joies,
Bien plus beau pour moi qui m'enflamme,
Je me donn'rai entièr' pour toi.

Je suis hors des sentiers battus,
Je donn' mon âm' tout'(e) dévolue,
A mon amour que j' veux aimer,
Sera t-il de mêm' pour m'aimer,
Aura t-il l'esprit pour penser,
Ne plus crier ne plus pleurer,
T'avoir prés d' moi tout simplement,

Nos deux cœurs amoureusement.

C'est bien plus vrai l'amour dans l'âme,
Bien plus pur que ces fill' de joies,
Bien plus beau moi qui m'enflamme,
Je me donn'rai entièr' pour toi.
C'est bien plus vrai l'amour dans l'âme,
Bien plus pur que ces fill' de joies,
Bien plus beau moi qui m'enflamme,
Je me donn'rai entièr' pour toi... »

«   Mon univers.

Mon Dieu aid' moi, vivr' pour survivre,
Fais en sort' que je me délivre,
Vouloir aimer vouloir chanter,
De s'accomplir pour m'élever,
Emportez-moi vers la lumière.
Combattr' le mal comm' un'(e) guerrière,
Pour libérer les mauvais' ondes,
Pourchasser les idées immondes.

Dans mon univers,
Je dans' je chante,
Je joue la vie,
Dans cet univers,
Où tout m'enchante
Tout est fleuri.

Pour permettr' les act' bienveillants,
Dans mon univers scintillant,
D'êtr' bénie pour se ressourcer.
Renaitr' et vivr' émerveillée.
Au lever du jour un ciel gris,
Mon état d'âm' qui s'assombrit,
Vivr' ce qu'on aim' jouer chanter,
Rien dans ce mond' pour exister.

Dans mon univers,
Je dans' je chante,
Je joue la vie,
Dans cet univers,
Où tout m'enchante
Tout est fleuri.
Non c'est pas ma réalité

Somm' nous nés pour êtr' condamnés,
Non c'est pas ma réalité,
Oh mon Dieu j'aurai mes envies,
Embellir la beauté d'la vie.
Dieu exaucera mes prières,
Dans ma mémoir' des pensées claires,
J'avanc'rai sur un long chemin,
Et suivrai la roue du destin.

Dans mon univers,
Je dans' je chante,
Je joue la vie,
Dans cet univers,
Où tout m'enchante
Tout est fleuri.
Dans mon univers,
Je dans' je chante,
Je joue la vie,
Dans cet univers,
Où tout m'enchante
Tout est fleuri... »

«   Croire.

Au grand vent j'envoie des messages,
Mes écrits reflett' mes images,
Pour m'envoler de l'autr' côté,
Croir' en ma personnalité,
Moi qui ne cess' d'écrir' des pages,

Ma volonté fait mon courage,
Cett' envie de pouvoir créer,
J'aim' rais pouvoir etr' écoutée.

L'oiseau envoie tous mes messages,
Soufflant mon amour vers ton âme,
Mes messag' pour te dir' je t'aime,
Tous mes espoirs pour que tu m'aimes.

Terre de pluie je quitt' le grand froid,
Ma vie est-ell' chemin de croix ?
Au galop fonc' vers les chemins,
M'égarer de tous les malins,
Pour pouvoir vraiment exister,
Il me faudrait réaliser,
Mes envies mes désirs sereins,
Pour affronter les lendemains.

L'oiseau envoie tous mes messages,
Soufflant mon amour vers ton âme,
Mes messag' pour te dir' je t'aime,
Tous mes espoirs pour que tu m'aimes.

Je brul' les étap' vers l'av'nir,
Çà sera mon plus grand désir,
Moi je vous aim' je veux donner,
D'êtr' avec vous de l'autr' côté,
De pouvoir ainsi acquérir,
La chanc' de créer d'accomplir,
Des rêv' qui soient réalités,
Et ma vie sera enchantée.

L'oiseau envoie tous mes messages,
Soufflant mon amour vers ton âme,
Mes messag' pour te dir' je t'aime,
Tous mes espoirs pour que tu m'aimes.

L'oiseau envoie tous mes messages,
Soufflant mon amour vers ton âme,
Mes messag' pour te dir' je t'aime,
Tous mes espoirs pour que tu m'aimes... »

«   Mes nuits douces.

Je m'évad' seul' dans mon sommeil,
Tout'(es) ces nuits douc' je pens' à toi,
Tu n'es que song' et je m'éveille,
J'ouvre mon coeur just' toi et moi,
Mon âm' hantée je me réveille,
Toi l'enchanteur tu m'ensoleilles,
De ta magie de bon aloi,
Je suis radieus' tu es mon roi.

Tout' mes nuits douces,
Tu m'éblouis,
Je vol' vers toi,
L'amour me pouss'
Et je m'enfuis,
Auprès de toi.

La tendress' de ton cœur si doux,
Exauc' tes envies lèv' le voile,
Comm' un joli bouquet de houx,
L'imag' de notr' amour en toile,
Chemin de ros' d'or et bijoux,
Des deux am' voyag' vers l'étoile,
Des délic' suprêm' de l'amour,
De nos deux cœurs qui se dévoilent.

Tout' mes nuits douces,
Tu m'éblouis,
Je vol' vers toi,
L'amour me pouss'
Et je m'enfuis,

Auprès de toi.

Les fleurs de l'âm' nous envoyant,
Ses pétal' vol' vers l'horizon,
Vers un av'nir très souriant,
De nos pouvoirs nous brillerons,
Amoureux fous nous somm' aimants,
Merveilleux nous éblouissons,
De bonheur radieux et charmant,
Tout' la vie nous nous aimerons.

Tout' mes nuits douces,
Tu m'éblouis,
Je vol' vers toi,
L'amour me pouss'
Et je m'enfuis,
Auprès de toi.

Tout' mes nuits douces,
Tu m'éblouis,
Je vol' vers toi,
L'amour me pouss'
Et je m'enfuis,
Auprès de toi ...«

Je demande à Anthony :
- Que penses-tu de mes chansons ?
- C'est très bien Mireille, continues comme ça.
Les semaines et les mois passent, le jour du concert d'Anthony arrive. Durant sa tournée j'étais présente à ses côtés.
Même si ce n'est pas un professionnel, les petites salles étaient presque pleines à chaque fois. Il faisait ses répétitions les après-midis avec ses musiciens. Moi, sur le côté de la scène, je l'admirais, je l'écoutais. Ces cinq concerts se sont déroulés dans cinq villes différentes. Faute de techniciens Anthony et ses musiciens ont réalisé le montage des appareils de sono.
Dans l'ensemble c'était bien, on a fait beaucoup de routes pour

aller d'une ville à l'autre. Étant avec lui et ses musiciens pendant toute la tournée, j'étais heureuse .

J'ai pu voir et comprendre comment ça se passait dans ce milieu. Dés la fin des concerts, ses musiciens sont repartis en Angleterre et nous sommes allés ensemble une fois de plus à la cité de Carcassonne, elle me rappelle des bons souvenirs, elle me fascine, elle me donne de l'espoir et la naissance de l'inspiration. Oui bien sur, pas pour tout le monde, pour moi oui, c'est ainsi. Voilà pourquoi j'aime retourner en cet endroit. Nous allons faire un petit séjour chez Auguste, toujours bien accueillant, puis nous repartons en Suisse. Nous avons passé quinze jours où nous n'avons rien fait d'autre que boire, manger et se donner à corps perdus.

Anthony me demande :

- Bon maintenant que nous nous sommes bien reposés, nous allons reprendre les répétitions pour tes chansons, ça demandera beaucoup de travail, quant à toi tu vas continuer à écrire pour faire quelques textes de plus.

- Alors allons-y, je suis prête, mais nous avons déjà travaillé plus de trois mois dessus !

- Mais Mireille, ça prend du temps pour faire la musique. Au fait, j'ai dit à Auguste qu'on préparait les paroles et la musique, mais que tout n'était pas fini !

Après ces quinze jours de repos, les mois qui suivirent ont été très durs, écrire, composer, répéter ... comme me l'avait dit Anthony ça a mis beaucoup de temps.

«   Voyage de l'âme.

Person' ne brisera,
L'amour que j'ai pour toi,
Et qui voyagera,
Toujours à travers moi
Et mes mains sur ton corps,
Qui caressent ta peau,
Nous nous aim'rons encor'
Cet amour est si beau.

Ces longues promenad'
Et nous main dans la main,
Tous ces jours de ballad'
Dans un amour divin.

Ton regard m'éblouit,
Tes yeux sont des lumièr'
Vivant seul' dans mes nuits,
L'amour qui m'est si cher,
Tu resteras gravé,
Dans mon âme et mon cœur,
Je ne veux t'oublier,
Ne pas perdr' mon bonheur.

Ces longues promenad'
Et nous main dans la main,
Tous ces jours de ballad'
Dans un amour divin.

Toi qui est loin de moi,
Pourquoi m'avoir laissé,
Seul' à vivre sans toi,
Toi que j'ai tant aimé,
Peux-tu m'ouvrir ton cœur,
Je ne cess' de penser,
J'oubli rai tout' mes peurs,
Je t'aim' à tout jamais.
Ces longues promenad'
Et nous main dans la main,
Tous ces jours de ballad'
Dans un amour divin.

Ces longues promenad'
Et nous main dans la main,
Tous ces jours de ballad'
Dans un amour divin... »

«   Si loin de toi.

Garder cet amour dans mon cœur
Que je port' tout au fond de moi,
Secret gardé de cett' lueur,
Qui s'illumin' au fond de moi.
Goutter ta peau au goût de miel,
Sentir tes lèvres sur mon corps,
Mon âme et la tienn' se réveillent,
Naissanc' d'un amour en essor.

Être' aussi loin de toi,
Me fait souffrir encore,
Mon amour écout' moi,
Donn' moi ton cœur ton corps.

Me laiss'ras-tu te désirer,
Moi qui espèr' encor' de toi,
Mon Dieu éclair' moi pour l'aimer ,
Recevoir la lumièr' en soi,
Moi qui ne cesse de rêver,
Les sentiments que j'ai pour toi,
Je ne veux plus désespérer,
Ton amour brillera pour moi.

Être' aussi loin de toi,
Me fait souffrir encore,
Mon amour écout' moi,
Donn' moi ton cœur ton corps.

Le soleil brillera pour moi,
Tu me suivras, je te suivrai,
Je suis ta rein'(e) tu es mon roi,
Voilà mon rêv' réalisé,
Nos corps brûlant, l'amour fait loi,
Alliant nos âm' à tout jamais,
Je suis à toi, tu es à moi,

Notr' amour pour l'éternité.

Être' aussi loin de toi,
Me fait souffrir encore,
Mon amour écout' moi,
Donn' moi ton cœur ton corps.

Être' aussi loin de toi,
Me fait souffrir encore,
Mon amour écout' moi,
Donn' moi ton cœur ton corps... »

«   Soleil.

Si j'avais des ail'(es) pour te voir,
Entendr' le doux son de ta voix ,
Pour mon amour je gard' l'espoir,
De casser ce mur par la foi.
Mêm' l'enfer ne pourra gagner,
Je veux te déclarer ma flamm'
Je t'affront'rai pour m'avancer,
Je m'offrirais pour êtr' ta femme.

Soleil donn' lui la joie,
Soleil illumin' là,
Soleil entend sa voix,
Soleil éclaire là.

Et mon âm' qui brill' dans la vie,
Et sa joie me fait rayonner,
De mon amour de mes envies,
De cett' passion je l' aimerai.
Blessur' du cœur qui m'est ancrée,
Sera brisée à tout jamais,
J'attendais depuis des années,
tout' ces nuits seul' à le rêver.

Soleil donn' lui la joie,
Soleil illumin' là,
Soleil entend ma voix,
Soleil éclaire là.

De tes mots doux consoles moi,
Embrasses moi enlaces moi,
Je ne veux plus jamais souffrir,
J'aim' rais revoir ton beau sourire.
Ce long chemin qui m'a guidé,
Pour t'avoir seul' et te garder,
De nos deux cœurs unissons-nous,
Toi et moi dans un amour fou.

Soleil donn'lui la joie,
Soleil illumin' là,
Soleil entend ma voix,
Soleil éclaire là.

Soleil donn'lui la joie,
Soleil illumin' là,
Soleil entend ma voix,
Soleil éclaire là... »

«   Amour malheureux.

Sur le sable doré je pense,
A ces baisers plein de tendresse,
A ce bonheur en ta présence,
Mais je suis seul' dans ma tristesse.
Je t'imagine sur la plage,
Je me souviens de tes promesses,
Je gard' en toi ta bell' image,
Avec mon âme de princesse.
Je mourrai par amour,
Pour etr' auprès de toi,
Je t'appell' tu es sourd,

125

Tu t'en vas loin de moi.

Ne plus sentir ton corps sur moi,
Tout' ces nuits blanch' à nous aimer,
Mon cœur, il n'attendait que toi,
Il est maint' nant désespéré.
Des larmes glissent sur mes joues,
Ne plus sentir tes lèvr' sucrées,
Ce mal de toi ce mal de nous,
Ce mal de l'âme désenchantée.

Je mourrai par amour,
Pour etr' auprés de toi,
Je t'appell' tu es sourd,
Tu t'en vas loin de moi.
Au lointain de mes souvenirs,
Je vivais un amour magique,
Moi qui voulait t'appartenir
Par les liens sacrés du mystique,
Comm' la neig' qui fond sur ma peau
Dans ma douleur mon cœur est froid,
Tu n'es plus là c'est un fardeau,
Mon cœur mon âme en désarroi.

Je mourrai par amour,
Pour etr' auprès de toi,
Je t'appell' tu es sourd,
Tu t'en vas loin de moi.

Je mourrai par amour,
Pour etr' auprès de toi,
Je t'appell' tu es sourd,
Tu t'en vas loin de moi... »

«   Mon tendre amour.

Mes ond' s'envol'ront que pour toi,
Mes blessur' se refermeront,
Pour obtenir la paix en moi,
Ensembl' nous nous chérirons.
Je te murmur' tout'(es) mes passions,
Nous jouirons de ces bell' nuits,
Tu seras ma seul' ambition,
Et je serai épanouie.
Mon tendr' amour mon tendr' amour,
Je te cherchais tu t'égarais,
Mon tendr' amour mon tendr' amour,
Je t'ai cherché on s'est trouvé.

Ton retour éveill' tout'(e) mon âme,
Tous ces secrets si bien gardés,
A l'intérieur de cette dame,
Qui t'illumin' dans ses pensées.
Ma passion pour mon bien aimé,
Nos deux corps frissonn' de plaisirs,
De cet amour tant désiré,
Accomplissant tous nos désirs.

Mon tendr' amour mon tendr' amour,
Je te cherchais tu t'égarais,
Mon tendr' amour mon tendr' amour,
Je t'ai cherché on s'est trouvé.

Retour aux sourc'(es) des souvenirs,
De cet amour jadis perdu,
Que je cherchais à assouvir,
Dans mon esprit je l'ai vécu.
De tout' ces chos' hors du commun,
De cet amour imaginé,
J'y prends ma forc' pour nous demain,
Amour pur ne termin' jamais.

Mon tendr' amour mon tendr' amour,
Je te cherchais tu t'égarais,
Mon tendr' amour mon tendr' amour,
Je t'ai cherché on s'est trouvé.

Mon tendr' amour mon tendr' amour,
Je te cherchais tu t'égarais,
Mon tendr' amour mon tendr' amour,
Je t'ai cherché on s'est trouvé... »

«   Un amour dans l'ombre.

Pourras-tu être là, je pens' toujours à toi,
Tu es le seul j'y crois, au jour où toi et moi,
Nous pourrons êtr' ensembl' nous danserons ensemble,
Unis par les liens de l'esprit qui nous rassemble,
Dans mon cœur j'ai écris ton nom en lettres d'or,
Dans le jardin des âm' tu es mon seul décor,
Les colomb' pass' au loin, elles t'envoient des mots doux,
Avec tendress' je chant' je t'envoie mill' bisous,

J'oubli'rai mes nuits sombres,
Mais toi tu n'es que l'ombre,
Une ombre de moi-même,
J'oubli'rai mes nuits sombres,
Mais toi tu n'es que l'ombre,
De cet amour que j'aime.

Je suis complèt'ment foll' de toi qui me fascine,
J'ai en moi ce besoin d'amour qui me chagrine,
De cet amour divin, qui est gravé pour lui,
Il restera toujours dans mon cœur pour la vie.
Je ne me cach'rai plus, mon âm' est en éveil,
Pour chaqu' instant vécu, l'amour est une merveille,
Je t'attendrai toujours, pour enfin te revoir,
Et garder cet amour, qui est dans ma mémoire.

J'oubli'rai mes nuits sombres,
Mais toi tu n'es que l'ombre,
Une ombre de moi-même,
J'oubli'rai mes nuits sombres,
Mais toi tu n'es que l'ombre,
De cet amour que j'aime.

Donne-moi ton amour, j'aurai enfin la gloire,
Spirituel amour, tu restes mon histoire,
Mes sentiments profonds, me donn' de l'ambition,
Les âm' unies vivront, donn'ront la création,
Je suis la rein' en rêv' qui attend ton retour,
Bientôt le voile se lèv' et je quitte la tour,
J'écris tous ces poèm' inspirée par ma muse,
Pour cet homme que j'aim' mon âm' en est confuse.

J'oubli'rai mes nuits sombres,
Mais toi tu n'es que l'ombre,
Une ombre de moi-même,
J'oubli'rai mes nuits sombres,
Mais toi tu n'es que l'ombre,
De cet amour que j'aime.

J'oubli'rai mes nuits sombres,
Mais toi tu n'es que l'ombre,
Une ombre de moi-même,
J'oubli'rai mes nuits sombres,
Mais toi tu n'es que l'ombre,
De cet amour que j'aime... »

«   Rêve d'un amour.

Cett' énergie que j'envoyais,
Pour lui fair' comprendr' mes désirs,
Mes sentiments pour l'éclairer,
Toujours l'aimer sans le trahir,
Moi qui ne cesse de l'aimer,

Effondrée je ne veux plus souffrir,
Viens m'allumer me réchauffer,
Me conquérir et me chérir.

J'allais vers l'inconnu, dés que j'ai aperçu,
Cet homm' tant attendu, mais il s'est abstenu,
Je l'avais confondu, mais je l'ai reconnu,
Il est mon ange déchu, l'amour tant attendu.

Sur le cheval ailé j'irai,
Envoyer ma flèch' dans ton cœur,
Qu'ensembl' on puiss' enfin s'aimer,
Nos deux âm' emplies de bonheur,
Du haut des cieux je scellerai,
Notre union dans mille couleurs,
Avec Pégas' te conduirais,
Sur un chemin jonché de fleurs.

J'allais vers l'inconnu, dés que j'ai aperçu,
Cet homm' tant attendu, mais il s'est abstenu,
Je l'avais confondu, mais je l'ai reconnu,
Il est mon ange déchu, l'amour tant attendu

Unis, nous nous enflammerons,
De joies d'amour et de tendresse,
Enlacés nous avancerons,
Dans un avenir fait de promesses,
Avec notr' amour nous bris'rons,
Le miroir de tout'(es) les tristesses,
Amour divin nous fêterons,
L'allianc' sacrée dans la sagesse.

J'allais vers l'inconnu, dés que j'ai aperçu,
Cet homm' tant attendu, mais il s'est abstenu,
Je l'avais confondu, mais je l'ai reconnu,
Il est mon ange déchu, l'amour tant attendu.

J'allais vers l'inconnu, dés que j'ai aperçu,
Cet homm' tant attendu, mais il s'est abstenu,
Je l'avais confondu, mais je l'ai reconnu,
Il est mon ange déchu, l'amour tant attendu ... »

Cinq mois de plus et voilà, le résultat est là, la musique et les paroles sont terminées, nous sommes enfin prêts.
Anthony me dit :
- Mireille, la maison de disques s'occupe de tout.
- Tu sais Anthony, moi je n'y connais rien, si ça marche après tout, tant mieux, je m'écouterai à la radio.
- Saches Mireille qu'il n'y aura que deux chansons de l'album qui passeront à la radio. Si elles plaisent, tu seras amenée par la suite à faire des clips, à passer à la radio et à la télévision.
- Bof ! Je ne sais pas. Après tout, qui ne tente rien n'a rien.
Les jours suivants, j'allumai la radio pour savoir si ça passe.
Qu'est-ce que j'entends ? ma chanson « amour heureux ». Ça m'a fait un drôle d'effet de m'entendre à la radio en train de chanter.
J'appelle Anthony :
- Anthony, vite, viens, dépêches-toi !
- Qu'est-ce qui se passe ?
- Vite, vite, viens, tu vas savoir !
- Oui, j'arrive de suite.
Je mets la musique à fond.
- Ah, tu t'entends chanter ! Tu peux baisser le son s'il te plaît ?
- Ah mais c'est tout l'effet que ça te fait !
- Non, je suis très content et heureux pour toi, tu sais moi, moi j'ai l'habitude.
- Moi ça me fait drôle, ça me fait bizarre.
- T'inquiètes pas Mireille, c'est déjà bien que tu passes à la radio, et puis avec le temps si ça se vend eh bien ça sera ta réussite.
- Ah lalala il ne manquait plus que ça, moi qui en ai tant rêvé, ça arrive en réalité.
Allez, on va aller fêter ça dans un bon restaurant! Mireille, tu vas t'apprêter et nous partons.
Après une bonne soirée un peu arrosée, nous primes le chemin du retour. Arrivés à la maison, nous nous douchons ensemble et nous

dormons très tard. Le lendemain mâtin, je suis réveillée par le téléphone et je m'écrie : »Ah non, encore le téléphone, ce n'est pas possible, on ne peut même pas dormir tranquille ! »
Puis je réponds :
- Oui, c'est qui ?
- C'est Pauline.
- Non, pas à cette heure-ci, rappelles-moi plus tard.
- Non, non Mireille, il faut que je te parle, je t'ai entendu à la radio.
- Mais non ce n'était pas moi, tu as du rêver.
- Pas à moi, je sais bien que c'était toi, j'ai reconnu ta voix. Pourquoi tu ne m'as rien fait savoir ?
- Bon écoutes Pauline, il y a des choses que je ne pouvais pas te dire, oui c'est bien moi qui chante.
Mireille tout en riant poursuit :
- Pourquoi, tu vas m'acheter le single? Tu aimes la chanson ? Si tu l'achètes, tu pourras écouter ma deuxième chanson « mes nuits douces », si ça marche bien je serai amenée à en un faire un clip.
- Mireille, je te connais, franchement tu es allée au bout de tes rêves. Tu as réussi ton livre, il va se faire en film, en plus maintenant tu chantes ! Tu aurais quand même pu me prévenir !
- Avec tous ces événements, je n'avais pas le temps, excuses-moi. Ah mais il faut que je te dise, tu ne sais pas tout ! L'album ne s'est pas fait seul, je l'ai fait avec Anthony.
- Non, celui dont tu m'as parlé pendant des années ?
- Oui, c'est bien lui qui a composé ma musique.
- Tu as de la chance, tu as tout!
- Oui, c'est ça d'y croire et d'espérer. Tu me verras un jour à l'écran, peut-être pour le livre déjà, et sûrement qu'il y aura une suite pour le reste. Je vais te laisser, quand j'aurai un moment je passerai à Perpignan et nous mangerons ensemble dans un bon restaurant comme je te l'ai promis.
- Oh non, tu raccroches déjà !
- Je te rappellerai quand j'aurai plus de temps, Pauline salut.
- Salut Mireille.
Anthony prés de moi me dit :
- C'était qui au téléphone ?

- Une copine de longue date, Pauline. Moi je me lève, si tu veux, tu peux rester au lit, je vais préparer le petit-déjeuner.

Après avoir préparé le café et les tartines beurrées, je mets le tout dans un plateau et j'ajoute du jus d'orange, un bocal de confiture, un pot de chocolat et du miel. Je porte le plateau dans la chambre et je constate qu'il s'est rendormi.

- Anthony ! Réveilles-toi, le déjeuner est prêt !

Il ne m'entend pas parler donc je dépose le plateau sur la table de nuit et je vais prés de lui en lui faisant plein de petits bisous sur le cou en espérant qu'il se réveille. Après trois ou quatre minutes de bisous, ça y est, il se réveille. Il me dit :

- C'est déjà prêt ?
- Oui, allez, déjeunons ensemble dans le lit.

Le petit déjeuner est terminé. Allongés dans un fauteuil, nous nous enlaçons tout en écoutant les chansons que nous avons préparé ensemble. Par la fenêtre, nous apercevons le facteur qui se dirige vers la porte et qui sonne. Anthony se lève, ouvre la porte et dit :

- Oui c'est pour quoi ?
- Est-ce que madame Lombart est là s'il vous plaît ?
- Oui je vais l'appeler. Mireille !

J'arrive et je signe une lettre en recommandé avec accusé de réception. Je l'ouvre et la lis. Christophe le producteur, m'écrit pour me dire que l'histoire de mon livre a été modifiée et adaptée pour le film qui passera dans les salles de cinéma dans deux mois. Je le fais savoir à Anthony. Au fond de la grande enveloppe je découvre une copie du film. Empressée de le voir, nous arrêtons la musique et le visionnons, tous-deux assis dans le canapé, blottis en amoureux. Sincèrement, le producteur et son équipe ont assuré. Mon histoire spirituelle est bien jouée, l'actrice est excellente dans le rôle. En une heure trente environ, je me suis reconnue dans cette histoire mystique et sentimentale. A la fin du film, quelques scènes ont été changées, la pauvrette a réussi à vivre avec son amour. Devenue riche, elle est propriétaire, elle peut s'offrir tout ce qu'elle veut, bien s'habiller, bien manger, aider matériellement ses enfants, mener une vie heureuse avec l'homme de sa vie ...

Anthony m'encourage et m'incite à poursuivre l'écriture et

construire par la suite une nouvelle œuvre littéraire.

Je lui réponds :

- Ah, je ne vais pas manquer de travail en ce moment, entre chanter et créer à nouveau, ça va me prendre beaucoup de temps et d'énergie.

- Je ne te le fais pas dire Mireille, mais je sais que tu as assez de courage et de volonté pour le faire.

- Anthony, je vais appeler ma famille et mes amis pour leur faire savoir que le film sortira en salles dans deux mois au cas où ils seraient intéressés d'aller le voir.

- Vas-y téléphones, je vais m'occuper.

Après avoir téléphoné, je me distrais en écoutant nos albums. L'hiver est là, il fait froid, la neige tombe. Je vais avec Anthony chercher du bois dans la remise. Il le range prés de la grande cheminée qui est dans le salon.

Nous éteignons les radiateurs électriques et nous allumons le feu avec quelques journaux et du petit-bois, puis nous déposons des bûches au dessus. L'atmosphère qui se dégage est très agréable, juste un peu de fumée qui nous incommode mais ça ne dure pas longtemps. Anthony me dit :

- Mireille, je reviens, je vais dans la chambre.

- Pourquoi faire ?

- Tu verras.

Il revient et tient un carton à la main et poursuit :

- Mireille, je vais déballer, tu vas m'aider.

Il ouvre le carton, sort des bougies rouges et un tapis de la même couleur. Nous disposons ensemble les bougies de chaque côté de la pièce ainsi que sur la cheminée. Nous les allumons puis nous nous enlaçons sur le tapis rouge avec des coussins qui nous servent de repose-têtes. Avec beaucoup de tendresse nous discutons de notre projet musical à venir. A un moment donné, la faim nous tenaille.

Anthony me dit :

- Mireille s'il te plaît, va nous chercher des cotes de mouton dans le réfrigérateur ainsi qu'une boisson fraîche.

- Oui j'y vais.

Je téléphone au traiteur pour qu'il nous amène une bonne salade

composée et le dessert. Une demi-heure plus tard il est déjà là.
Je règle le traiteur. Anthony prépare la cuisson de la viande sur le
feu de bois, nous mangeons la salade et la viande puis un sorbet.
Après ce copieux repas, Anthony met un disc compact de son
dernier concert que nous apprécions tous les deux. Une belle nuit
d'amour et dormons. Au petit mâtin, Anthony me propose de faire
un petit séjour en montagne. Je suis toute joyeuse, je vais enfin
mieux connaître la Suisse. Il m'emmène pour le week-end à l'hôtel
Helvetia Intergolf à Crans-Montana. L'hôtel est magnifique.
Dans la chambre à balcon nous disposons de toutes les chaînes
câblées, du téléphone, d'une liaison internet ... Il y a un grand lit,
une belle armoire de style, un mini bar, une salle de bain avec
peignoirs et sèche-cheveux ... le confort !
Nous déposons les bagages et nous rangeons nos affaires.
Nous allons au restaurant manger une spécialité Italienne.
Ensuite nous partons à la station de ski. Comme je n'en ai jamais
fait, je me ramasse à plusieurs reprises. Anthony est à l'aise, il a
l'habitude d'en faire depuis des années. Nous rigolons de mes
chutes, nous nous lançons des boules de neige, c'est très amusant.
Après deux heures de ski, nous allons nous installer à une terrasse
avec nos grosses lunettes de soleil et nous commandons un verre.
Le serveur dit :
- Mais je vous connais monsieur, vous êtes Anthony ! Je vous ai
vu jouer à Genève l'an dernier, vous étiez sur la place avec votre
orchestre. Pour des amateurs, bravo ! J'aime bien ce que vous
faites !
Bon, en attendant, je prends votre commande. Je vous écoute.
- Mireille, ça sera quoi pour toi ?
- Un chocolat chaud.
- Pour Mireille ce sera un chocolat chaud et pour moi un café
avec une liqueur.
Anthony se tourne vers Mireille et lui demande :
- Aimes-tu cet endroit ?
- Oui, j'adore la station de ski, les belles montagnes, les vues
resplendissantes ...
Après ces bons moments passés, nous sommes retournés à l'hôtel.
Le week-end a été trop court !

Nous reprenons le chemin pour retourner à Lausanne. Je dis à Anthony :

- Qu'allons-nous faire maintenant ?
- Rappelles-toi ce que je t'ai dit: tu as de l'imagination, pourquoi ne t'en sers-tu pas ?
- Oui je sais, c'est une bonne idée, faire un deuxième livre. Le titre serait « ma nouvelle vie »... Je vais y réfléchir. Je pense aussi que si mon single a du succès, je serai amenée à faire un clip ou deux et je n'aurai pas le temps d'écrire un nouveau livre.
- Oui tu as raison, laisses le temps faire les choses.

Arrivés à la maison, avant de franchir la porte d'entrée, Anthony ramasse le courrier. Il y en avait un pour moi.

Anthony me dit :

- Mireille, c'est sûrement une bonne nouvelle pour toi.
- J'ouvre et je lis que la chanson « mes nuits douces » a rencontré beaucoup de succès à la radio.
- Tu avais raison Anthony, c'est une très bonne nouvelle. La lettre vient de Paris. Pour le 10 février à huit heures, je dois être au studio d'enregistrement pour faire un clip sur la chanson « mes nuits douces », qu'est-ce que tu en penses ?
- C'est très bien pour toi que tu aies autant de succès, n'oublies-pas que c'est moi qui ait créé la musique ! Ce n'est pas que je sois jaloux mais pour moi là, depuis un moment, le succès se laisse à désirer !!
- Écoutes Anthony, j'ai une solution. Si tu veux je commence là, maintenant, parce qu'il va me falloir du temps, et puis j'aurai besoin de toi si tu es d'accord.
- Alors tu me la donnes cette solution ?
- Allez, je vais te le dire. On va créer une chanson à deux.
Tu es d'accord ou pas ?
- Et bien ce n'est pas une mauvaise idée, peut-être, je vais y réfléchir mais vas-y toi, commences les paroles !

Après quelques jours d'activité cérébrale pour trouver les mots, je réussis à faire une chanson pour nous-deux mais elle n'est pas parfaite, il faut la fignoler. Pas facile. Pour la musique ce n'est pas mal mais ce n'est pas encore ça, quant aux paroles il y a encore du travail !

On finira ça plus tard car j'ai un rendez-vous très important. Je dis à Anthony :

- Demain il faut partir à Paris, nous passerons la nuit à l'hôtel, ainsi je serai sur place pour l'enregistrement du clip en studio. Je prépare nos bagages.

- Oui Mireille, c'est mieux de partir la veille.

Anthony met les bagages dans le camping-car et nous partons. Arrivés à Paris, nous allons directement à l'hôtel déposer nos effets personnels, puis nous marchons un peu dans les rues parisiennes. La journée se passe vite, nous mangeons dans un restaurant et nous allons nous reposer et dormir à l'hôtel.

On se lève vers six heures, on se prépare, je suis très nerveuse, pour moi c'est une première ! Anthony me met en confiance, il me dit que ça ne durera qu'un jour ou deux maximum.

Quand j'arrive au studio, le personnel est en train de changer les décors. Je regarde les tables de mixages avec chambres d'écho, les caméras, les spots lumineux, un tas de casques luxueux ...

Comme je suis attendue, la costumière vient vers moi et après plusieurs essayages, une tenue m'est choisie. La maquilleuse et la coiffeuse s'occupent de moi. Je me sens très bien, je suis chouchoutée ! Je n'ai rien à faire, on fait tout pour moi.

Les techniciens sont prêts pour les enregistrements audio et vidéo. Après quelques filages, le temps du clip est évalué à quatre minutes trente-trois. L'enregistrement final est fait en une journée, quand je sors du studio il est prés de vingt-trois heures.

Anthony n'est pas resté pas toute la journée à attendre, je lui ai téléphoné pour qu'il vienne me chercher. Il me dit :

- Alors Mireille, comment ça s'est passé ?

- Dans l'ensemble c'était très bien, beaucoup de répétitions mais ça ne m'a pas dérangé. Est-ce que ça plaira au public ? je n'en sais rien. Le principal c'est que c'est fait ! Je me suis donnée à fond, j'étais totalement métamorphosée. Je suis très heureuse. Aller au bout de ses rêves c'est super! Je pense qu'avant de retourner à l'hôtel je vais aller voir au cinéma s'il n'y a pas d'affiche sur mon film « un amour hors du commun ». Main dans la main, nous allons voir. Il y a bien une affiche du film mais il ne passera que la semaine prochaine. Nous retournons dormir à l'hôtel.

Le lendemain mâtin nous prenons la route et douze heures plus tard nous sommes à Perpignan. J'appelle ma copine Pauline.

- Allô Pauline, c'est Mireille.
- Ah quand même, tu te décides, tu m'appelles !
- Tu te rappelles quand je t'ai dit que je t'inviterai au restaurant ?
- Oui, je sais, mais tu es toujours occupée, et puis tu habites loin, la Suisse.
- Eh bien non, je ne suis pas en Suisse aujourd'hui, je suis juste en bas de chez toi, regardes par ta fenêtre, tu verras un camping-car.
- Je vais aller voir.
- Tu me vois ? Je te fais coucou ! Fais-toi belle, habilles-toi et viens nous rejoindre.
- Pourquoi tu dis nous ? Ah ... tu n'es pas toute seule, tu es avec Anthony ?
- Oui, allez dépêches-toi on t'attend, nous allons au restaurant comme je te l'ai promis.

Une heure d'attente et nous partons tous les trois à Saint-Cyprien. Nous allons dans un bon restaurant. Nous choisissons en commun le menu, un plateau de fruits de mer accompagné d'un vin blanc du pays. Après le plat de consistance vient le dessert et le café. A plusieurs reprises Pauline dit à Anthony que je n'arrêtais pas de parler de lui avant que nous ne soyons ensemble.

Au cours du repas, je dis à Pauline que si ça l' intéresse, elle peut aller voir « un amour hors du commun » dans quelques jours au cinéma. Elle me dit qu'elle sera une des premières à aller le voir. Cette journée s'est très bien passée, Pauline était à l'aise. Nous l'avons ramené chez elle puis nous sommes repartis en Suisse. En cours de route, nous sommes fatigués, nous nous arrêtons sur une aire de repos pour dormir. Quelques heures plus tard nous continuons notre trajet jusqu'à Lausanne. Une fois à la maison, nous prenons du repos et chacun reprend son activité créative. En un peu plus d'une semaine la chanson est au point, paroles et musique.

M   Loin de toi mon cœur souffrira,
      J'ai besoin de toi ne pars plus,
A   De toi tu sais je m'en lasse pas,
      Je t'ai vu je t'ai reconnu,
M   Toi et moi on s'enlacera,
      Je suis très heureus' t'es venu,
A   Oui j'espèr' que tu me suivras,
      Tu me seras la bienvenue.

      On s'est perdu de vue,
      Enfin on s'est revu,
      On s'est tant aimé.
      Et nos cœurs brilleront,
      Et nos corps s'uniront,
      Pour l'éternité.

M   Je ne veux plus te perdr' mon amour,
      Auprès de toi je voudrais vivre,
A   Maintenant vivons notre amour,
      D'être seul, à deux on se délivre,
M   Nous nous aim'rons d'un amour fou,
      Cett' grand'passion nous ennivre,
A   Toi si douce pour moi tu es tout,
      Mordu de toi je veux survivre.

      On s'est perdu de vue,
      Enfin on s'est revu,
      On s'est tant aimé.
      Et nos cœurs brilleront,
      Et nos corps s'uniront,
      Pour l'éternité. Refrain

M   Aujourd'hui tout me sourira,
      Le plaisir le désir l'envie,
A   Ton corps si doux s'enflammera,

Et nous serons épanouis,
M   Pour nous notr' étoil' brillera,
Notr' amour ensembl' pour la vie,
A   Ton chevalier t'accueillera,
A bras ouverts, épanoui.

On s'est perdu de vue,
Enfin on s'est revu,
On s'est tant aimé.
Et nos cœurs brilleront,
Et nos corps s'uniront,
Pour l'éternité.

On s'est perdu de vue,
Enfin on s'est revu,
On s'est tant aimé.
Et nos cœurs brilleront,
Et nos corps s'uniront,
Pour l'éternité ... »

Je suis fière de moi, j'ai réussi à faire les paroles d'une chanson
pour deux. Anthony a adapté une bonne musique. Je dis à
Anthony :
- Anthony, j'ai téléphoné en France, ça fait deux ou trois jours que
le film est en salle à Albertville. Allons-y !
- Oui je sais Mireille mais on l'a déjà vu, on l'a visionné en DVD.
- Oui mais ça sera bien mieux au cinéma, sur un grand écran, et
puis, on sera en amoureux. Allez, allons-y !
Nous partons à Albertville. Arrivés au cinéma, nous sommes
ensemble, cote à cote, pour regarder le film. C'est quand même
mieux de le voir sur le grand écran qu'à la télévision. Après être
sortis de la salle, je lis un message sur mon mobile. Je suis triste
d'apprendre que Pauline vient d'avoir un accident de voiture. Je dis
à Anthony :
- Anthony, le frère de Pauline vient de me prévenir qu'elle a eu un
accident et qu'elle est dans le comas ! Il faut que je retourne à
Perpignan. Si tu veux je prends ma voiture et j'y vais seule.

- Oui d'accord, je sais que c'est une grande copine pour toi, nous retournons d'abord à Lausanne et tu iras demain si tu veux.
J'espère que tout se passera bien sur la route, surtout sois prudente.
Le lendemain matin, très tôt, je prépare quelques fringues, mes papiers et mon mobile. Avant de partir je demande à Anthony s'il peut me téléphoner au cas où je recevais une lettre importante car je dois partir pour plusieurs jours. Je lui fais savoir que je passerai chez mon frère et ma belle-sœur, au Boulou.
La route sera très longue mais dés que la fatigue se fera sentir, je m'arrêterai. Plus de onze heures de trajet ! J'ai roulé prudemment d'autant qu'au départ de Lausanne les routes étaient très enneigées.
J'ai fait installer des pneus cloutés, puis trois cent kilomètres plus loin j'ai du les faire changer par un garagiste. Ensuite j'ai préféré prendre l'autoroute, au moins les voies sont dégagées. Pendant le trajet j'écoute de la musique de Anthony et mes deux chansons.
Enfin à Perpignan, je vais directement à l'hôpital et je demande le numéro de chambre de Pauline.
Dés que je la vois, ça me fait un choc. Elle est sous perfusion, dans le coma... ça m'a rappelé de très mauvais souvenirs.
Comme mon arrière grand-mère me l'avait fait, je lui ai parlé.
J'adresse quelques prières vers Dieu pour qu'il lui vienne en aide.
Je reste deux heures à son chevet, je lui fais un bisou sur le front et je lui dis au revoir. Épuisée par la route et le temps passé à l'hôpital, je vais directement louer une chambre d'hôtel à Perpignan. Je me restaure un peu, puis je m'écroule de fatigue dans le lit, je m'endors immédiatement. Le lendemain mâtin, je passe chez la fleuriste acheter un vase et un joli bouquet de fleurs, puis je m'empresse de retourner à l'hôpital. Ma copine est toujours dans le coma. Je dépose les fleurs dans le vase que j'emplis d'eau.
Je parle à une infirmière et lui demande combien de temps Pauline sera dans cet état. Elle ne peut pas me répondre, pas plus que les médecins d'ailleurs. Comme la veille, je reste à son chevet pendant quelques heures. Mon téléphone sonne. C'est Anthony qui prend de mes nouvelles et me demande si ma copine est sortie du coma. Je lui réponds que non, que je me suis bien reposée à l'hôtel, que je vais seulement aller chez mon frère et ma belle-sœur. On s'appelait régulièrement l'un et l'autre.

J'appelle mon frère pour le prévenir de mon arrivée. Il habite une belle maison au Boulou avec piscine et tout le confort. Il connaît le début de mon changement de vie, je vais lui expliquer en détails tout ce qui m'est arrivé. Je pars faire un tour dans les boutiques, j'achète quelques cadeaux, je reprends la route et j'arrive chez mon frère. Je suis heureuse de ces retrouvailles en famille.

Mon frère, sa femme et ses enfants sont très contents de me voir, ils me remercient pour les cadeaux, ils me félicitent pour mon livre, pour le film qu'ils sont allés voir et pour mes deux chansons dont ils ont le single.

Je leur annonce que j'ai réalisé un clip qui passera bientôt à la télévision sur la chanson « mes nuits douces ». Mon frère me dit :

- C'est incroyable Mireille ! Je me souviens encore quand tu chantais pour les restos du cœur à Saint-Jean Plat-cor devant cinq cent personnes. Avant tu étais souvent précaire mais maintenant la chance te sourit. En plus tu es maintenant avec l'homme de tes rêves. Nous sommes tous très heureux pour toi.

- Merci Daniel, merci à vous, c'est très gentil.

Avec mon frère et ma belle-sœur, nous allons au Boulou faire un tour et boire un verre dans un café. Ma belle-sœur et mon frère m'amènent chez Marie-Jeanne, une copine du sud que je connais, nous sommes heureuses de nous revoir. Dans les moments où je vivais dans la précarité c'est elle qui m'emmenait à la plage avec mon fils. Chaque été elle prenait chez elle un enfant de famille défavorisée qui ne pouvait pas lui offrir des vacances. Elle me demande des nouvelles de mon fils. Je lui raconte qu'il n'habite plus en France, qu'il est marié, qu'il a deux enfants et une bonne situation professionnelle.

On s'appelle de temps en temps. Marie-Jeanne est heureuse pour moi. Ma belle-sœur me dit :

- Bon Mireille, rentrons car je dois préparer le souper !

- Ah oui, je dois retourner à Perpignan, je n'ai pas eu l'occasion de t'en parler mais j'ai une copine à l'hôpital qui est dans le coma.

- Alors restes ici pour dormir, on passera la soirée ensemble.

- D'accord Cathy, merci.

Après le repas nous discutons quelques heures et je vais dormir. La nuit passée, je me lève, je me prépare et nous déjeunons ensemble. Je les remercie de leur accueil chaleureux, je leur rappelle que je ne les oublie pas et que je leur téléphonerai dés que possible. Je leur propose également de m'appeler dés qu'ils verront mon clip sur le petit écran pour qu'ils me donnent leur opinion.

Je quitte le boulou et je vais voir Pauline. J'arrive dans la chambre et je m'aperçois qu'elle n'a plus de perfusion. Je m'approche prés d'elle pour lui dire bonjour. Ses paupières s'ouvrent, elle me dit :

- C'est toi Mireille ? Qu'est-ce que tu fais ici ?

- Ton frère m'a prévenu que tu avais eu un accident, je suis venue te voir, je suis contente que tu t'es réveillée.

- Pourquoi Mireille, je dormais ?

- Pauline, nous nous sommes toujours tout dit, voilà, tu étais dans un coma profond depuis cinq jours ! Maintenant que tu es réveillée, je vais rester plus longtemps auprès de toi.

Dans deux jours je dois repartir en Suisse, je te rappellerai.

Ah oui, il faut que je te dise, quand tu seras bien remise, penses à regarder à la télé ou sur le net, j'ai préparé un clip sur ma chanson « mes nuits douces ».

- Tu as bien de la chance Mireille, le bon Dieu est avec toi.

- Pauline il faut que je te laisse, il faut que tu te reposes, je passerai te voir demain. Gros bisous, au revoir.

De retour à l'hôtel, dans la chambre je me regarde dans le miroir et je repense à ce coma dont j'avais été victime. Je touche ma cicatrice, je touche mes cheveux et je me décide d'aller chez le coiffeur. Allez, je me bouge, je quitte l'hôtel, je prends ma voiture et j'y vais. Il y a un bon coiffeur visagiste. Je lui demande de me faire une teinture, une coupe et un brushing.

Au bout d'une heure-trente, j'étais contente du résultat. J'achète quelques produits pour les soins des cheveux et je règle la note.

Je vais faire les boutiques pour m'acheter quelques fringues puis je vais manger dans un petit restaurant situé au bord de la plage à Coulioure. De retour à l'hôtel j'allume la télé et je m'endors.

Le lendemain, je m'habille avec mes nouvelles fringues et je vais voir Pauline. J'achète deux boissons et une boite de chocolats.

- Bonjour Pauline, je vois que tes yeux sont bien grands ouverts aujourd'hui. Tiens, c'est pour toi, une boite de chocolats et une boisson.

- Merci. Mireille, c'est toi qui m'as apporté un bouquet de fleurs ?
- Oui, c'est moi, elles te plaisent ?
- Oui, merci, je dois encore rester quelques jours en observation, dés que le médecin le décide je retourne chez moi.
Les deux heures de visite se sont vite passées, on se dit au revoir. On se rappellera par téléphone. En sortant du centre hospitalier je reçois un appel d'Anthony qui a reçu une lettre me concernant. Un journaliste passera dans deux jours à Lausanne pour un interview. Je vais bientôt préparer mes bagages et reprendre la route. Ces quelques jours passés dans la région m'ont rappelé des souvenirs agréables. En ce qui concerne ma copine je suis contente qu'elle s'en soit sortie. Tout est prêt, je décide de retourner à Lausanne. Je pars et au bout de deux cents kilomètres je fais une pause. Je consulte mon mobile. Il y a un message de Pauline. Elle me dit que le médecin est passé juste après mon départ. Comme il l'a trouvé mieux elle devrait sortir dans une semaine. Je lui réponds que je suis contente pour elle. Sur l'aire de repos où je suis arrêtée je la rappelle et nous bavardons pendant plus d'une demi-heure. Je lui explique que je retourne à Lausanne pour un interview. Plus de neuf heures de routes et me voilà enfin prés d'Anthony qui m'embrasse et m'enlace aussitôt, très heureux de me revoir. Il me dit :
- Eh bien Mireille, tu es très mignonne comme ça, tu es allée chez le coiffeur, tu ne m'en avais pas parlé quand on s'est téléphoné ! Tes nouveaux vêtements te vont à merveille.
Puis il me donne la lettre que je lis attentivement. Je lui réponds:
- Merci pour tes compliments. Après-demain, le journaliste vient et il il va peut-être me poser des questions indiscrètes !
- Si tu as envie de répondre tu le fais, sinon tu ne dis rien, peut-être qu'il te posera des questions sur toi et moi.
- Tu as raison Anthony, je ferai comme je le sens. D'ailleurs, je me souviens quand je manifestais à Paris, un journaliste m'avait posé des questions, il y en a une à laquelle je n'ai jamais répondu.
Il m'avait demandé quel était mon rêve. A toi je vais te le dire Anthony, c'était mon amour avec toi ! Et puis cette vie d'artiste dans laquelle j'entre tout doucement ... je ne me serais jamais cru capable de réaliser un livre !

C'est vrai que de déception en déception, l'engrenage de la vie dure et précaire m'avait laissé longtemps sans pouvoir créer. Heureusement, ma force a toujours été là, même dans les pires moments, j'avais la foi et je croyais en moi !

- Écoutes Mireille, ne penses plus à hier, saches que tu as réussi, le temps que ça va durer je ne le sais pas. En tous cas entre toi et moi, le bonheur est là, tu en es heureuse et j'en suis heureux, il faut avancer, tu le mérites. Prends de l'assurance pour l'interview, n'aies pas peur, je serai à côté de toi. Je t'ai préparé un bon repas, mettons-nous à table, tu dois avoir faim à cette heure-ci.

- Je vais préparer la table Anthony.

Nous mangeons un très bon repas, je débarrasse, je fais la vaisselle, et nous nous installons prés de la cheminée pour bavarder. Nous allons au lit pour passer un moment intime et nous nous endormons. Les deux jours se sont vite passés.

La sonnerie retentit. Anthony va ouvrir. C'est le journaliste.

- Bonjour monsieur. Je viens pour l'interview.

Anthony le fait entrer, le prie de s'asseoir et il m'appelle.

Je me fais attendre et je dis :

- Un instant j'arrive.

Quelques minutes plus tard je m'installe en face de lui.

- Voilà, je me présente, Arthur, je travaille pour « Paris-News ». Etes-vous prête pour répondre à quelques questions ?

- Oui.

- Qu'est-ce qui vous a poussé à écrire et à créer deux singles ?

- Tout d'abord monsieur, comme le livre l'explique, vous l'avez sans doute lu, c'est après mon passage au puits de Carcassonne que tout a commencé ! Ensuite, pour les singles, c'est Anthony et son copain Auguste qui m'ont incité à créer du texte d'abord puis à en faire des chansons.

- Racontez-moi les circonstances qui vous ont amené à ce puits de Carcassonne.

- Comme je l'ai décrit, une sorte de force me poussait à me rendre à la cité, vous êtes sur que vous avez lu le livre ?

- Oui oui, je l'ai bien lu. Cette force que vous décrivez, c'est tout de même incroyable. Comment pouvez- vous nous l'expliquer ?

- Écoutez monsieur, j'étais sans doute l'élue pour vivre ainsi et c'est à partir de là, du puits, que tout s'est déclenché, l'écriture et la vie spirituelle.

- Ça ne m'explique pas comment ni pourquoi vous !

- Écoutez monsieur, je vous ai dit que j'étais l'élue, je ne comprenais pas moi-même ce que je vivais, est-ce une muse qui me donne cette qualité de créer ? Je n'en sais rien !

- Bon, laissons de côté cette question que vous ne pouvez pas expliquer. Et pour cette passion que vous vivez aujourd'hui avec Anthony, votre rencontre... pouvez-vous me raconter ?

- Çà serait trop long à vous expliquer, et puis il s'agit de notre vie privée.

- Comment voyez-vous l'avenir en qualité d'auteur ? Avez-vous l'intention de refaire un livre, créer un album ?

- Vous savez pour moi, créer je le fais tout naturellement, est-ce que je vais faire un nouveau livre ? Pour le moment non, je suis plutôt dans les textes pour en faire des chansons.

- En oubliant la cité de Carcassonne, d'où pensez-vous tirer toute cette inspiration qui vous vient et qui vous a tout de même menée au succès ?

- La première source d'inspiration venait d'un rêve et que ça plaise ou pas, je suis obligée de revenir sur le puits qui m'a fait vivre dans ce monde invisible. Aussi magique et étrange que ça puisse paraître, pour moi c'est le rêve et le puits qui m'ont envoyé vivre un amour spirituel. Dieu merci, je suis avec Anthony aujourd'hui. Comme je vous l'ai dit je ne m'étalerai pas plus sur ma vie personnelle.

- Vous qui avez connu la misère une grande partie de votre existence, comment vivez-vous cette vie plus riche ? Est-ce que c'est très important pour vous l'argent ? Est-ce qu'il joue un rôle majeur dans votre couple ? Vous me répondez si vous voulez, sans vouloir empiéter sur votre vie privée, pour nos lecteurs !

- Il est vrai que je vis beaucoup mieux, pour me nourrir pour me vêtir, on ne me donne plus, j'achète. Le coiffeur, les factures... je ne suis plus dans le besoin. Si c'est ça que vos lecteurs veulent savoir, ce qui m'importe le plus dans la vie c'est notre amour moi et Anthony.

- Vous avez été représentée par une actrice dans le film. Alors que pensez-vous du succès de ce film ? Ne seriez-vous pas tenter de jouer dans le cinéma, vous qui avez déjà joué du théâtre en amateur ?

- L'actrice a très bien joué mon rôle. Bien sur je suis fière de moi, jamais je n'aurais pensé à un tel succès. Pour le cinéma oui bien sur, j'aimerai que ce soit une réalité, ça l'a été mais si peu. C'est aussi un de mes rêves. Quant au film j'espère qu'il sera exporté et regardé dans d'autres pays francophones voire plus !

- Madame, je vous remercie beaucoup et au nom de toute l'équipe de Paris-News. L'interview est terminée, ce fut un plaisir de vous connaître. Au revoir Mireille. Au revoir Anthony.

- Merci à vous aussi, peut-être à bientôt.

Anthony me dit :

- Alors tu vois Mireille, ce n'était pas si compliqué que ça. Tu n'as pas eu peur. C'est vrai qu'il a quand même essayé de connaître notre vie privée et te piéger sur la valeur de l'argent pour toi, mais tu t'es bien débrouillée, tu as été très discrète. Quand à savoir que je compte plus pour toi que tout l'argent du monde, ça m'a tellement fait plaisir !

Après le passage du journaliste je me sens différente. Il croyait nous piéger ou quoi ? Il m'a posé des questions mais j'ai été plus maligne que lui. Enfin il est parti et je reprends le cours de ma vie en compagnie d'Anthony. On entend la sonnerie. Je dis à Anthony que je vais voir.

- J'arrive. Mais qui c'est tout ce monde ! Anthony, viens, viens, ce sont tes potes, je les fait rentrer ou quoi ?

- Oui fais-les rentrer, ce sont mes amis.

Ce sont les musiciens d'Anthony qui viennent lui rendre visite. L'un d'eux a une guitare à la main et marche en direction du salon où se trouve Anthony. Je referme la porte et je les suis.

Anthony est heureux et content.

- Mireille, peux-tu aller chercher une bouteille à la cave ?

- Oui mais oh, je n'y ai encore jamais mis les pieds.

J'y vais, je descends tous les escaliers et quelques mètres plus loin je sens une main sur mon épaule.

- Ah c'est toi Andrew !

- Oui, je vais t'aider, je sais où se trouve les bouteilles.

- Mais qu'est-ce que tu fais, tu en as deux dans chaque main !
- C'est la fiesta, c'est la fiesta ! Mireille. On vient pour fêter tes deux singles, ton livre, le film. On t'a vu.
- Vous m'avez vu où et quand ?
- Et bien aujourd'hui à la télé.
- Et c'est pour ça que tu as pris quatre bouteilles de champagne ?
- Yes It's that !
- Oh s'il te plaît Andrew. Tu pourrais me parler en français.
Anthony nous dit :
- Au lieu de rester à la maison partons plutôt au lac de Genève.
Andrew répond à Anthony :
-Yes of course, alors prenons la voiture.
- Non pas une mais deux voitures, nous sommes à six quand même.
Avec Anthony et ses quatre musiciens nous partons.
Nous traversons un long chemin de quelques kilomètres et nous arrivons au lac de Genève. Les voitures sont garées. Andy et Andrew vont dans le coffre de la voiture chercher deux grills.
- Mais Anthony pourquoi ils sortent des grills et des bâtons à brochettes, on a juste des bouteilles.
- Mireille, sans vouloir te commander, veux-tu aller au magasin ? ça me rendrait service. Il faudrait que tu nous apportes de quoi faire des brochettes pour six.
- Oui je veux bien te rendre service, je vais prendre trois kilos de viandes. Il y aura un kilo de brochettes d'agneau, un kilo de merguez et un kilo de chipolatas. Je prendrai aussi un gros gâteau, des tomates, des oignons, des poivrons, six baguettes, des cannettes de bières, des jus de fruits, un service de couteaux, de fourchettes et de cuillères en plastique, des timbales et plusieurs sauces différentes pour faire les sandwichs. Avec tout ça, j'espère qu'il y en aura assez ?
Toute la troupe me répond :
- Yes, yes, yes, yes, oui.
Au bout d'une heure je suis revenue avec les courses en mains.
En arrivant je vois des flammes au loin, ils ont préparé le feu. Je descends de voiture et je me dirige vers eux.
- Bon, qui va préparer les brochettes, on s'y met tous ?

Avec Anthony et ses potes, nous mettons tous la main à la pâte. Bientôt ça sera de la braise et on pourra commencer à faire nos brochettes. Nous prenons chacun une boisson, moi un jus de fruits et eux de la bière. Andy et Andrew vont chercher leur guitare et grattent un air de musique. Nous chantons tous en cœur une de mes chansons, une d'Anthony et sur un autre air musical, nous entonnons une chanson où tout le monde met ses propres paroles. On a quand même du s'arrêter pour manger. Georges fait cuire les premières brochettes et Jim coupe les baguettes. Quelques minutes plus tard, elles sont prêtes et chacun va prés du barbecue se faire un sandwich. Nous discutons de différents projets, l'un parlait de musique, d'autres de voyages, moi de mon succès et du bonheur que j'ai d'être avec Anthony qui lui, racontait le déroulement de ses concerts...

Nous avons partagé ensemble un très bon moment. Anthony et ses potes ont abusé de la bière et de l'apéro, ils étaient bien.

Moi je me suis contentée de jus de fruits.

A un moment donné Andy, Georges, Jim, Anthony et Andrew ont tous trop chaud. Ils enlèvent leurs tee-shirts, leurs pantalons, et les voilà en maillots de bain se mettant tous à courir comme des fous. Ils se jettent à l'eau, ils s'éclaboussent et jouent à se pousser et à se mettre la tête sous l'eau. Ah lala, ils sont bien partis !

Je débarrasse un peu la table et je vais chercher la glacière.

De celle-ci je sors le gros gâteau, un framboisier et une bouteille de champagne que je mets sur la table avec des gobelets, puis je les appelle :

- Allez, venez tous ! On va manger un morceau de gâteau et boire un verre.

Ils viennent tous en courant, se sèchent et s'asseyent sur les bancs. Voyant ce gros gâteau, Andy plonge son doigt dedans et goutte.

Je lui dis :

- Oh Andy ça ne se fait pas, laisses-moi le temps de découper.

- Hum... it's too good this cake !

- Je t'ai déjà dit de me parler en français.

- J'ai envie de te taquiner Mireille et puis, en même temps, ça t'apprendra un peu d'anglais, qui sait, peut-être qu'on ira tous un jour en Angleterre !

- Oui, Yes, why not ?
- It's wonderfull, tu t'améliores Mireille !
Anthony prend une bouteille de champagne et fait sauter le bouchon qui jaillit comme un feu d'artifices. Il remplit les timballes et, dés que nous sommes tous le verre à la main, il dit :
- Levons nos bras, trinquons ensemble et fêtons le succès de Mireille !
Je prends le plateau et je fais le service. Ils mangent et se régalent tous. Le framboisier était très bon.
La première bouteille à peine terminée, une autre est ouverte pour la remplacer et nous trinquons à nouveau. En surprise, tous les cinq m'attrapent. Je crie et leur dis d'arrêter mais ils me jettent quand même à l'eau. Ils rigolent puis à leur tour ils plongent et me rejoignent. Nous nous amusons comme ça pendant un quart d'heure puis nous partons tous nous allonger sur nos serviettes pour bronzer.
Anthony est là, juste à coté de moi.
Je lui dis :
- Anthony s'il te plaît, peux-tu me mettre de la crème solaire sur le corps ? J'en ferai autant pour toi.
- Oui, pas de problème Mireille.
Tout en se mettant la crème on prend plaisir à se toucher nos corps mutuellement, en toute discrétion. On se fait des petits bisous sur le cou, sur le dos, sur les bras ... Quand nous avons trop chaud nous retournons à l'eau nous rafraîchir. Nous passons une super après-midi à chanter, se baigner et s'amuser comme des fous.
Nous jetons de l'eau sur les braises et nous repartons à Lausanne. Il reste deux bouteilles de champagne que nous finissons à la maison avec le reste du gâteau. La guitare à la main, Anthony joue mes deux tubes et je chante avec plaisir.
La soirée se passe vite, nous allons dormir et le lendemain au réveil nous déjeunons. Jim, Georges, Andy et Andrew nous remercient pour tout, nous souhaitent beaucoup de bonheur et repartent. Nous avons passé une excellente journée.
Nous allumons la télévision et nous zappons sur les chaînes musicales. Nous sommes allongés sur le canapé à regarder l'écran. Un quart d'heure plus tard, enfin je me vois en clip pour la

première fois. Çà fait bizarre de se voir sur le petit écran, mais dans l'ensemble c'était pas mal. Je demande à Anthony :
- Comment m'as-tu trouvée ?
- Très bien réussi, à l'aise dans ton rôle, ton look te donne plus de gaieté, tu es encore plus jolie comme ça, ton visage est rayonnant, je vois que tu aimes ça.
- Oui, j'aime ça, mais est-ce que le succès va durer ? Et les autres chansons que j'ai créées je vais en faire quoi ?
- Tu peux faire un album et inclure celle que l'on a faite à deux.
- Oui, je suis d'accord avec toi, mais alors ça veut dire que je mettrais mes deux singles avec notre chanson en duo en plus de toutes celles que j'ai écrites ?
- Oui Mireille, ça sera exactement comme ça ! Je pense que tu seras bientôt contactée par ta maison de disques.
- Oui mais, tu en es sure ?
- Oui puisque l'audimat est très élevé. Et puis n'oublies-pas ce que je t'ai déjà dit, tu seras amenée à faire des concerts après !
- Oui, je veux bien te croire.
Pour le moment tout se déroule à merveille pour moi, j'ai l'impression d'être comme dans un rêve, me voilà maintenant à l'écran, peut-être qu'à l'avenir comme le pense Anthony, je monterai sur scène. Il faut y croire et avancer. Pour me changer les idées je consulte mes mails. Je constate que j'ai un tas de fans, ça me rassure, que du bonheur ! Il est vrai que je ne pourrai jamais me mettre en contact avec tous mes admirateurs.
Je consulte également mon compte perso. Ah ! Tiens, une bonne nouvelle, j'ai eu un virement de plusieurs milliers d'euros, ça vient de mon éditeur. Il me dit que le tirage a été vendu à trois mille exemplaires et que le livre s'est bien vendu en e-books. Un autre mail qui me réjouit côté finances, la SACEM pour les droits de mes chansons et du clip m'a fait un versement encore plus important que celui de l'éditeur. Qu'est-ce que je vais faire avec tout cet argent, moi qui ait connu tant de misère. Avant de dépenser sans compter, je vais faire placer à ma banque une partie de cet argent pour les impôts. Je vais demander à Anthony qu'il le fasse par le net. Bon, je quitte les mails, je vais prévenir Anthony que je pars en ville faire des achats.

Qu'est-ce que je pourrais acheter ? Pourquoi pas un cadeau pour Anthony ? Des guitares il en a, je n'ai pas d'idées ... ah, et pourquoi pas une gourmette, ou une chaîne ? Je vais aller faire un tour à la bijouterie. Je prends mon sac à main et je monte dans ma voiture, direction la ville. Arrivée à la boutique, je prends mon temps, je regarde les chaînes, les bagues, les gourmettes ... et je me décide.

Je choisis une belle gourmette en or, bien emballée dans un joli papier cadeau, puis je m'offre une belle chaîne en or que je porte aussitôt sur moi. Je paie la note et je retourne chez Anthony.

Il m'entend rentrer et me dit :

- Tu es de retour Mireille ?

- Oui Anthony.

- Ah tu t'es acheté une belle chaîne ? Je vois que tu te fais plaisir.

- Oui, elle est tout en or.

Je sors de ma poche le cadeau et je lui dis :

- Tiens Anthony c'est pour toi, ouvres-le.

- C'est très gentil Mireille, il ne fallait pas.

- J'ai bien le droit de te faire un cadeau ! Tout à l'heure je t'ai demandé d'aller sur mon compte faire un virement. Tu as du oublier d'y aller sinon tu saurais que j'ai reçu beaucoup d'argent pour le livre et mes deux chansons. Comme je suis vite partie, je n'ai pas eu le temps de te dire que mon livre s'est bien vendu par internet en e-books ainsi qu'en versions imprimées.

- Tu as de la chance, tu as raison d'en profiter. Bon maintenant que tu as du succès avec tes deux chansons, je vais présenter toutes tes chansons à la maison de disques et celle de notre duo !

- Mais quand le feras-tu ?

- Je vais les appeler. S'il y a un accord, non seulement il y aura l'album mais on fera aussi un clip tous les deux. D'ailleurs je les appelle maintenant.

Après avoir téléphoné, la maison de disques nous demande l'envoi de l'album par internet. Ils nous donneront une réponse par mail pour fixer un éventuel rendez-vous. Pendant quelques jours je guette les mails régulièrement, empressée de connaître leur décision. Au bout de quinze jours j'obtiens une réponse positive. Toutes les chansons sont retenues et nous avons un rendez-vous.

Une date nous est donnée pour faire un nouveau clip, cette fois-ci en duo sur la chanson « nos deux cœurs ». Anthony est absent, je l'appelle et je lui annonce la bonne nouvelle. Il est très content. Il me demande la date du rendez-vous. Je lui dis que c'est dans huit jours, à Paris, dans le même studio. Nous répétons tous les jours pendant des heures. Le jour venu nous partons à Paris, cette fois-ci en voiture, nous prenons le volant à tour de rôle.

Nous réservons une chambre d'hôtel, nous déposons nos bagages et nous nous reposons. Le lendemain nous allons au studio, nous sommes très bien accueillis. Avant de commencer nous discutons, on nous offre des petits gâteaux puis vient le moment tant attendu pour moi car je ne suis pas seule cette fois-ci mais avec l'homme de ma vie. Il a fallu une semaine pour réaliser l'album qui sera mis en vente dans quelques jours. Le décor est complètement différent de celui du premier clip qui a été fait. Il représente une plage, la mer, un soleil éclatant et un arbre sur lequel sont perchées deux magnifiques colombes. Nous sommes très amoureux, des jeux d'éloignements, de rapprochements jusqu'à ce que l'on s'enlace dans les bras. A la fin nous sommes assis sur un banc de bois rustique, on se regarde et on termine par un long baiser langoureux. Tout comme Anthony j'ai aimé ce clip, surtout de l'avoir tourné avec lui. Nous quittons le studio dans la bonne humeur et nous retournons à l'hôtel récupérer nos bagages.

Nous montons dans la voiture et en cours de route on entend klaxonner plusieurs fois. Je me retourne et je vois nos amis musiciens.

- Anthony, arrêtes-toi, il y a tes potes ! Comme tu ne peux pas t'arrêter ici, je vais leur faire des grands signes pour qu'ils nous suivent.

Ils comprennent et au bout de trois kilomètres, nous nous arrêtons sur un parking. Tout le monde descend. Je leur dis :

- Mais, qu'est-ce que vous faites ici ? Je vous pensais encore en Angleterre. Nous sommes venus à Paris pour faire un clip ensemble dans un studio d'enregistrement sur la chanson « nos deux cœurs ».

Andy répond :

- C'est très bien, félicitations, nous sommes ici pour visiter Paris et voir quelques potes.

Tout le monde se fait la bise, contents de se revoir. Andrew nous dit :

- Hello ! Pourquoi ne pas prendre la route avec nous jusqu'en Angleterre. Et pour toi Mireille, ça te ferait connaître un autre pays.

- Attends, je vais demander à Anthony s'il est d'accord.

Anthony me répond :

- Oui, je suis d'accord, ça sera l'occasion pour toi de connaître le tunnel sous la manche.

Nous partons tous ensemble jusqu'à Calais. Nous restons dans nos voitures pour faire la traversée en train.

Jim me dit :

- Alors Mireille, ce voyage dans le tunnel ?

- C'est impressionnant ! Et si ça vient à s'effondrer, beh on est tous morts !

- Mais non Mireille, tout va bien se passer.

J'étais blottie contre Anthony, peu rassurée par les mots de Jim. Finalement, de Calais à Folkestone, ce n'était pas si long que ça. Andrew nous dit sitôt arrivés :

- Welcome to England my friends !

- Allez, parles-moi en français autrement je retourne en France.

Non mais, je sais comment faire, on passe par le tunnel !

- Et bien tu auras du mal à t'exprimer pour repartir.

- Ce n'est pas grave, je paierai un traducteur.

Anthony intervient.

- Bon vous avez fini de vous chamailler tous les deux !

Nous marchons un peu puis nous allons récupérer nos voitures.

Anthony me dit :

- Mireille, où voudrais-tu aller ?

- A Londres.

Georges me demande :

- Mireille, je peux venir avec vous dans la voiture ?

Andrew ajoute :

- Eh I'm coming with you !

Je lui réponds :

- Pour Georges, je suis bien d'accord mais pour toi Andrew, parles français d'abord et peut-être je te dirai oui ! Okay ?

- Oh tu n'es pas sympa Mireille.

- Écoutes, fiches moi la paix ! Chacun ses humeurs, ce n'est pas le moment de me chauffer le champignon.

- Oh oh oh calmes-toi Mireille, ce n'est qu'un jeu.

- Allez, on y va, je prends le volant.

Georges qui est avec nous à l'arrière de la voiture me dit en criant :

- Stop ! On ne roule pas à droite en Angleterre mais à gauche !

- C'est à cause d'Andrew ! Il m'a désorienté totalement.

- Ce n'est pas grave Mireille, Anthony prendra le volant.

- Oui tu as raison, d'abord je ne connais pas la route.

Anthony prend le volant et nous suivons Jim, Andrew et Andy.

Au bout d'une demi-heure de route, je vois Andy qui me fait signe de la main pour aller sur le parking d'un restaurant.

On le suit et on va se garer. Andy descend et nous demande si on veut faire un break pour aller manger un bout dans ce restaurant chinois. On commande d'abord les apéritifs, un cocktail maison pour moi et cinq whiskys irlandais pour les hommes. En entrées nous commandons quatre salades thaïlandaises à l'ananas et aux fruits de mer ainsi que deux croustillants aux crevettes.

Comme plat principal nous prenons trois canards laqués à la pékinoise, deux plats de crevettes au riz croustillant et un turbotin en vivier à la vapeur. Nous avons tous choisi le même dessert, six glaces au coco en beignets flambés au cointreau. Andrew choisit un Saint-émilion 2011, je choisis le vin blanc, un Sancerre. Nous avons tous bien mangé et un peu bu. Anthony et Jim se partage la note et nous partons. Sur le chemin je profite du paysage. Je vois des maisons, des parcs, des immeubles, des statues ...

L'architecture anglo-saxonne est très différente de la notre.

Nous sommes arrivés à Londres. Nous garons les voitures et Anthony me propose de visiter la tour de Londres. Je suis d'accord, les quatre musiciens filent à l'anglaise dans un pub.

Comme ils sont Anglais je suppose qu'ils connaissent déjà la tour.

Avec Anthony nous y allons. Au début çà ne me plaît pas beaucoup. Anthony téléphone à ses potes pour les prévenir que nous allons visiter le palais de Buckingham.

C'était beaucoup mieux que la tour.

C'est beau, c'est grand, mais ce n'est pas ce que j'aime le plus. Comme nos amis savent où nous sommes, lorsque nous sortons ils sont déjà là à nous attendre. Je les vois rire et parler, je vois bien qu'ils sont éméchés. Andrew recommence à me parler en anglais. Je ne dis rien, je le laisse tranquille. Comme il voit que je ne réagis pas, il finit par me parler en français et vient vers moi, m'attrape par les hanches et me fait tourner comme une toupie. Je n'arrête pas de crier pour qu'il s'arrête. Anthony crie plus fort que moi et Andrew s'arrête.

Anthony lui dit :

- On ne s'amuse pas comme ça avec Mireille, tu la connais mal, si tu as envie d'avoir un coup de pied mal placé, tu vas l'avoir avec elle.

- Oh je suis désolé, tu comprends, je crois bien que j'ai trop bu.

- Ce n'est pas une raison. Allez, on va réserver des chambres d'hôtel. Tu as besoin de dormir parce que de vous quatre c'est toi le plus saoul !

J'ajoute :

- Il faut être raisonnable Andrew ! L'eau c'est mieux, c'est fort, ça porte les bateaux !

- Oh tu ne vas t'y mettre toi aussi !

L'hôtel loue des chambres à deux lits, ça tombe bien. Avec Anthony nous nous douchons et nous allons directement au lit. Un grand bruit de porte se fait entendre. Dix minutes après ça se reproduit et là j'entends parler très haut Andrew et Georges qui chantonnent avec le son d'une guitare. Je m'énerve et je toque très fort contre la cloison et je dis en parlant très fort :

- Oh c'est bientôt fini là ? Nous ne sommes pas sur scène ici !

Ils ne répondent pas et continuent. Alors là c'est plus fort que moi, je me lève.

Anthony me dit :

- Non, j'y vais !laisses-moi faire.

Je n'attends pas, je prends une bouteille d'eau, je me précipite jusqu'à leur porte, je toque et je crie :

- Eh vous avez bientôt fini, il y en a marre !

Andrew et Georges, une bouteille de whisky à la main, ouvrent la porte. C'est plus fort que moi, je jette toute la bouteille d'eau sur leurs têtes. Ils se mettent à rire et à chanter. Juste derrière moi je vois le maître de l'hôtel. Il leur dit sèchement que s'ils n'arrêtent pas aussitôt ils devront quitter l'hôtel, puis il s'en va.

Je leur dis tout en rigolant :

- Ah ah ah c'est bien fait pour vous, j'espère que vous avez compris maintenant, c'est l'heure d'aller au lit, et sans faire de bruit ! et donnez-moi les deux bouteilles ! Vous avez assez bu. Demain on reprend la route.

Andrew me répond :

- Oh toi tu retournes en France mais pas nous, on reste ! Il y a un pub à cinquante mètres d'ici, tu ne crois pas que l'on va rester ici à dormir !

Il se retourne et s'adresse à Georges :

- Georges allez, viens, prends la sacoche et les bouteilles, on y va, ils pourront dormir tranquilles et peut-être que là Mireille...

Anthony arrive à son tour.

- C'est bientôt fini ce vacarme ! Vous n'allez tout de même pas repartir au pub ?

- Si, on retourne au pub, et puis toi, toi tu pars demain avec Mireille ! Nous on reste, on est bien en Angleterre. D'ailleurs demain on part à Blackheat, chez nous !

Enfin tranquilles, ils vont partir. On va pouvoir bien dormir. Nous nous levons à huit heures et nous déjeunons. Avant de descendre, nous toquons à la porte de Jim et Andy. Ils nous ouvrent la porte et on leur demande s'ils ont entendu le vacarme de la veille. Ils nous disent que oui. Ils ont mis des boules quies et se sont endormis presque aussitôt. Il faut dire qu'ils étaient un peu enivrés. Jim et Andy sont déjà douchés et habillés alors que l'on entend encore ronfler Georges et Andrew. Je toque à leur chambre pour les réveiller, rien à faire ! C'est l'alcool qui doit les faire dormir. Je les laisse tranquilles et nous allons tous les quatre marcher dans les rues de Londres. Je trouve très agréable de se promener car je peux mieux admirer les vitrines, les parcs, les statues etc. Moi et Anthony nous sommes bras dessus bras dessous, nous allons boire un café à la terrasse. Après trois heures de ballade nous rentrons à l'hôtel, nous espérons que Georges et

Andrew sont réveillés. Eh non, ils dorment toujours.

Je toque à la porte pour les prévenir que nous partons bientôt.

Enfin ils se réveillent et se lèvent. Andrew ouvre la porte avec une tête de détérré.

Je lui dis :

- Alors, ça va mieux ? Tu n'as pas mal à la tête ? Je ne vous ai pas entendu rentrer ! Vous avez été silencieux, vous avez eu peur du maître d'hôtel hein ?

Andrew répond :

- Nous avons préféré rentrer en silence.

- Dépêchez-vous de vous apprêter, on vous attend en bas pour déjeuner.

- Okay, on se dépêche.

Ces deux jours en Angleterre ne m'ont pas marqué particulière-ment mais j'ai apprécié le tunnel, le palais et d'autres belles choses ... L'anglais je ne le comprend pas ! Quand j'étais à l'école et que je lisais en anglais, tout le monde rigolait ! Je parle l'anglais comme une chinoise ! Cette langue n'est pas faite pour moi.

Andy, Jim, Georges et Andrew nous disent « good bye » et à bientôt ». On se fait la bise avant de se quitter. Pendant le trajet de retour, je sors de mon sac mon micro-ordinateur et je consulte mes mails et les nouvelles de France. Ah J'ai un message du producteur qui m'apprend que mon film va être projeté dans les salles de cinéma de tous les pays francophones. Quelle chance pour moi ! Mon histoire va être connue un peu partout. Ah je vais vérifier si j'ai plus de fans que la dernière fois. Je vais passer mon temps à en lire quelques-uns.

- Tu vois Anthony, il y en a beaucoup qui aiment notre clip !

- C'est très bien pour nous.

- Tu as soif ? parce que moi oui. Oh vivement que nous sortions du tunnel.

- Sois patiente il ne reste plus qu'un petit quart d'heure à attendre.

Ça y est, nous voilà en France. En très peu de temps nous partons en voiture dans la ville de Calais et nous nous dirigeons vers le centre. Nous nous garons pour aller nous restaurer. Je remarque sur mon portable que Pauline m'a fait un message. Elle me dit que son état de santé est nettement mieux et qu'elle trouve très bien notre dernier clip qu'elle a vu à la télévision.

Sur un autre message, mon frère et ma belle-sœur nous félicite aussi pour ce clip. Je crois rêver de toutes ces choses qui m'arrivent aussi vite, c'est incroyable, la vie est belle, quelle chance j'ai ! Le repas est terminé, nous sortons du restaurant pour reprendre la route. Anthony me dit :

- Mireille, pourquoi prends-tu la direction de Béziers ?

- C'est une surprise.

Ce long trajet a duré plus de onze heures.

- Mireille, pourquoi t'arrêtes-tu devant une agence immobilière ?

- La voilà ma surprise, allons ensemble à l'intérieur pour voir ce qu'ils proposent en maisons ou en propriétés dans le coin.

Il rentre avec moi et nous discutons avec un agent immobilier qui nous fait voir des photographies de plusieurs propriétés jusqu'à ce que j'aie un flash sur l'une d'entre elles.

L'agent nous explique la valeur de la maison ainsi que les frais de notaire etc. Il nous conduit en voiture sur le terrain. C'est une belle propriété qui se trouve à l'écart de Béziers. Avant de franchir les murs, il y a un grand portail et tout son contour qui sont en fer forgé. Il y a deux arbres dans un immense jardin divisé en parcelles fleuries de roses et de bien d'autres jolies fleurs.

De l'entrée du portail jusqu'à la porte de la maison, c'est un chemin de passage fait de carrelages rustiques.

Rien que la, sans avoir vu l'intérieur, je trouve ça magnifique. Nous rentrons par un grand couloir qui donne sur quatre pièces au rez-de-chaussée. Dans le salon, il y a une superbe cheminée faite de briques réfractaires colorées qui est recouverte d'un marbre magnifique. A l'étage, une belle salle de bain carrelée et trois chambres avec vue sur le verger puis un escalier qui mène au grenier. Nous descendons et sortons pour voir le garage qui se trouve à l'arrière de la maison. A quelques mètres du garage, une piscine de taille moyenne toute carrelée et quelques arbustes non loin du coin barbecue. Nous repartons à l'agence immobilière.

En route je demande à Anthony comment il trouve la maison.

Il me répond qu'elle est très belle et bien située, que le prix est justifié par la valeur de la propriété. Je fais savoir à l'agent que je suis très intéressée, que le prix me convient et qu'il peut désormais s'occuper des formalités.

Comme j'ai eu et que je vais avoir d'autres rentrées d'argent pour l'album, le livre, le film et les clips, je lui fais un chèque de la valeur totale. Il est ravi, nous échangeons quelques signatures et après arrangement, j'obtiendrai les clefs dans trois jours.

Pendant ce temps nous faisons quelques magasins spécialisés dans l'ameublement. Nous trouvons tout ce qu'il nous faut comme mobilier et dans quatre jours tout sera livré et installé.

Comme nous n'aurons pas les clés avant trois jours, nous profitons de partir à la cité de Carcassonne. Nous passons deux nuits à l'hôtel, nous nous baladons et visitons à nouveau la cité. Nous allons en ville puis nous partons au lac de La Cavayère. Les journées passent vite, nous retournons à l'agence immobilière.

Ah ... j'ai les clefs en mains, pour la première fois de ma vie j'ai ma propriété privée. Çà fait du bien d'avoir un chez-soi luxueux. J'ai les clés mais les meubles ne seront là que demain.

Nous dormons dans un hôtel de Béziers et, pour fêter ça, nous allons manger dans un bon restaurant et nous passons une nuit d'amour. Nous nous levons vers sept heures trente, ça nous laisse le temps de nous préparer. Les chauffeur-livreurs doivent arriver vers neuf heures. Çà sera une journée mouvementée pour les ouvriers qui doivent tout mettre en place en quelques heures.

Avec Anthony nous serons là pour surveiller l'état du mobilier. Neuf heures, les ouvriers sont là et se mettent à l'ouvrage.

Quand tout est installé je donne de larges pourboires aux ouvriers, j'avais prévu quelques bières pour la fin. Ils me remercient et s'en vont. Enfin seuls, nous prenons plaisir de nous installer au salon dans un superbe canapé tout en cuir et nous admirons le décor.

Nous sommes restés une semaine à Béziers. Comme nous avons décidé de nous y installer pour quelques mois, nous devons absolument retourner à Lausanne. En effet, nous devons demander le transfert de courrier international à durée limitée ainsi que récupérer les objets de valeur. Nous partons et en quelques heures nous voilà chez Anthony. Avec stupeur, en descendant de la voiture, je vois sur le sol un tapis de fleurs arrachées.

Anthony ouvre la porte, rentre et me donne la clé de la boite à lettres. Je prends les nombreux courriers et nous les lisons

ensemble. Une des lettres me parait suspecte !
Pas de timbre sur l'enveloppe et ce courrier est rédigé par un
assemblage de lettres découpées dans des journaux. Je relis ces
mots à plusieurs reprises et je dis à Anthony :
C'est peut-être un fan qui est fou de toi ?

*Si tu ne quittes pas
cet homme il y aura
des conséquences !*

Tout de même inquiète, j'ajoute :
- Ah ! Je comprends mieux les fleurs déchirées et cette lettre.
Qu'est-ce que tu en penses toi Anthony ?
- Moi jusqu'à maintenant ça ne m'est jamais arrivé, ne t'inquiètes
pas trop, ça n'est qu'un fan un peu dérangé.
- Oui mais bon, c'est peut-être quelqu'un qui est complètement
dingue de toi! Le dégât des fleurs, la lettre de menaces ! Si ça
continue je porte plainte.
- Oui Mireille, tu as raison.
- D'ailleurs c'est ce que je vais faire maintenant, je n'attends pas
une minute de plus, j'y vais. Tu m'accompagnes ?
- Oui bien sur !
Arrivés à la gendarmerie, je fais mon témoignage, je fais savoir
que toutes les fleurs ont été déchirées et je leur fais voir la lettre
qu'ils conservent pour l'enquête. Un gendarme me demande si j'ai
l'intention de rester encore longtemps en Suisse.
Je lui réponds :
- Je reste encore quelques jours et je repars en France.
- Si ça se reproduit vous nous appelez tout de suite !
Je reprends la route avec Anthony pour retourner chez lui.
Nous préparons quelques cartons avec les objets de valeurs ainsi
que tous les documents importants. A cause de l'incident, nous ne
partons pas aussitôt, nous en profitons pour faire le transfert
d'adresse de Lausanne vers Béziers. La nuit suivante, nous
entendons des bruits et nous sommes réveillés. Anthony se lève
aussitôt et il me dit :
- Ne bouges pas, je vais aller voir.

Il revient en courant et me dit :
- Il y a plein de verre par terre, une vitre est cassée, j'ai aperçu comme une ombre se faufiler dés mon arrivée. Appelles la gendarmerie !
J'appelle et les gendarmes arrivent dix minutes plus tard sur les lieux. Ils nous questionnent, ils inspectent les lieux et demandent à Anthony de venir déposer une plainte. Pendant ce temps-là je téléphone en pleine nuit à un vitrier. Celui-ci refuse d'abord de se déplacer à une heure aussi tardive, mais à force d'insister, il finit par accepter. Il vient peu de temps après pour changer la vitre mais il double le montant de la facture ! Entre_temps Anthony est revenu de la gendarmerie.
Je lui dis qu'il serait préférable de prendre un détective, que ce serait plus rapide. Le mâtin arrivé, c'est décidé !
Je fais appel à un détective privé ! Après quelques appels, je tombe sur la secrétaire de monsieur Hector, le détective.
- Oui c'est pour quel genre d'affaires que vous m'appelez ?
Je lui explique tous les faits en détails. Il me fait connaître le montant de ses honoraires et m'informe qu'il peut commencer dés le lendemain. En moins d'une semaine seulement il réussit à clore l'enquête. Il nous explique qu'il a vu et photographié une femme qui lui paraissait suspecte. Il l'a suivi jusqu'à chez elle, il a attendu pendant quelques heures à l'écart et dés qu'elle est partie, il s'est introduit par une fenêtre entre-ouverte. Là, il a découvert des journaux découpés, des photographies d'Anthony partout sur les murs. Dés lors il n'avait plus de doute sur sa culpabilité. Il ajoute :
- Quand vous apprendrez l'identité de cette femme, vous allez tomber des nues. C'est votre ancienne compagne monsieur !
- Non, mais ce n'est pas possible, je ne le crois pas. Nous sommes séparés depuis plus d'un an et demi. Je n'ai plus de sentiments pour elle, c'est fini, et je lui ai bien fait comprendre d'ailleurs !
- Vous savez monsieur, les femmes ne sont pas faciles à comprendre, elle vous aimait encore sans doute. Est-ce que vous laisserez votre plainte ?
- Oui, elle n'avait pas à faire des menaces sur Mireille ! Je ne pardonne pas, je laisse ma plainte et la justice suivra son cours.
Toute contente, je lui dis :

- Je vois que tu tiens beaucoup à moi, tu m'aimes vraiment, allez n'y pensons plus, maintenant on peut partir tranquille en France. Les cartons sont déposés dans le camping-car et toutes les valises dans le coffre de ma voiture. Nous prenons la direction de Béziers, chacun dans son véhicule. Au milieu du trajet, j'entends mon portable sonner, je mets mon clignotant et je me gare. Anthony qui me suit se gare également.

- Anthony, je dois rappeler, c'est mon éditeur, c'est peut-être important.

- Oui, tu as raison, vas-y.

Je téléphone à l'éditeur. Après une longue discussion, j'apprends qu'il a prévu une journée de dédicaces pour faire la promotion de mon livre. Je dois être à Lille dans la librairie principale.

Je suis heureuse, je vais rencontrer un tas de fans, çà ne sera plus les mails de mon fan club. J'ai rendez-vous le samedi de la semaine prochaine. Anthony est content pour moi. Nous continuons le trajet et nous arrivons dans ma superbe maison. Nous allons nous y installer pour quelques mois. Comme il fait beau, nous profitons du soleil pour bronzer et faire les fous dans la piscine, une vie de rêve ! Nous avions prévu une glacière pour les boissons fraîches. Certains soirs nous faisons des barbecues, nous écoutons nos chansons et celles d'autres artistes. Toute cette semaine n'a été consâcrée que pour le repos, l'amour, la tendresse... que du bonheur ! Nous sommes vendredi.

Nous partons en voiture pour Lille car demain c'est le jour des dédicaces. Arrivés tard dans la soirée nous dormons à l'hôtel.

Levés tôt, nous nous mettons sur notre trente-et-un et nous partons pour la librairie. L'éditeur et d'autres responsables sont déjà là, il y a quelques dizaines de fans qui forment une file d'attente avant l'ouverture. Quelques journalistes sont présents et me posent déjà quelques questions mais le service de sécurité les repoussent.

Je m'installe sur une chaise confortable face aux tables recouvertes de livres. La porte s'ouvre. Je les vois courir. Le premier est un homme de petite taille qui me dit :

- J'ai bien aimé votre histoire madame, j'aimerais avoir un autographe s'il vous plait.

- Je suis là pour ça monsieur. Merci.

Je passe toute la journée à faire des autographes, à recevoir des compliments et à remercier tous mes fans.

De loin Anthony me fait des sourires que je lui renvoie. Je suis à l'aise, ça me fait plaisir de voir autant de personnes qui aiment mon livre. L'éditeur est satisfait du résultat. Beaucoup de livres sont vendus. La direction de la librairie a prévu un buffet froid, quelques alcools et autres boissons. J'ai apprécié ce geste. Ce buffet terminé tout le monde se dit au revoir. Nous quittons Lille et retournons chez moi à Béziers. Nous roulons toute la nuit. Arrivés très fatigués nous nous endormons aussitôt jusqu'au début de l'après-midi. On se fait un petit casse-croûte. Après avoir mangé, je prends un stylo, un bloc de papier et je m'installe à la table de la terrasse. Je fais des courriers dans lesquels je mets des photographies de la propriété et des cartes d'invitation à quelques membres de ma famille : ma fille et son conjoint, mon fils et sa femme ainsi que mes petits enfants, mon frère et son épouse, mes deux sœurs, ainsi qu'à Pauline, à Marie-Jeanne et à Paul. Bien sur, je ne vais pas tous les inviter à la même date, reste à savoir si ça les intéressera de venir.

Je dépose mes courriers à la poste. Je reviens et j'ouvre la boite aux lettres. Ah non, un recommandé alors que je reviens de la poste ! j'y retourne, heureusement que je ne suis pas à pieds. Après vingt minutes d'attente j'ai mon recommandé que j'ouvre sur place. Fa, je viens de faire une journée de dédicaces et voilà que j'ai un nouveau rendez-vous pour une interview. Comment « Paris-News » a t-il eu ma nouvelle adresse aussi vite ? Ah oui ! J'ai fait le transfert d'adresse à Lausanne. Il faut que je leur téléphone sinon le journaliste va aller en Suisse.

J'appelle et, après m'être expliquée, un nouveau rendez-vous est fixé chez moi pour le 27 de ce mois. J'informe Anthony sitôt arrivée et il me dit :

- C'est incroyable, tu as de la chance ! Je suis très content pour toi, il faut espérer que ça se passe mieux que la première fois !

Anthony crée des paroles pour un nouveau tube. Moi je me dore au soleil, tranquille, je ne me fatigue pas. Deux jours plus tard, alors que je fais quelques courses, le téléphone retentit.

- Oui allô, c'est qui ?

- C'est Pauline, je viens de recevoir ton invitation, je ne savais pas que tu avais une propriété !
- Pauline, c'est bien pour ça que je t'ai écrit et même mis une photographie. Alors, tu es d'accord pour venir ou pas ?
- Oui, si tu veux je viens demain, et puis Perpignan ce n'est pas loin de Béziers, en moins de deux heures je serai là !
- Je t'attends pour demain, à quelle heure arriveras-tu ?
- Dix heures c'est bon pour toi ? Et, Anthony sera t-il là avec toi ?
- Pourquoi cette question ? Bien sur, à demain.
J'appelle Anthony pour lui dire qu'une copine de longue date va venir le lendemain mâtin. Je devrai faire quelques courses supplémentaires. Le soir je prépare trois entrées, quelques brochettes et de la salade de fruits que je fais moi même.
Ensuite je fais une bonne sangria, Anthony m'aide un peu.
Çà nous prend du temps, surtout pour moi car Anthony n'aime pas trop cuisiner. Après ces préparatifs, nous allons faire quelques plongeons dans la piscine et nous allons manger un bout dans un restaurant. Quand nous sortons du restaurant, nous entendons des pétards claquer. Nous regardons vers le ciel, nous voyons des lumières qui fusent de toutes parts, c'est un beau feu d'artifice.
Anthony et moi, nous admirons toutes ces belles lumières colorées de rouge, de jaune, de vert ... Le feu d'artifice est terminé, nous rentrons chez moi. Il fait tellement chaud ce soir-là que nous prenons des matelas gonflables pour dormir à la belle étoile.
Levés à huit heures du mâtin, nous déjeunons sur la terrasse.
Ensemble nous nous occupons de l'entretien de la propriété.
Pauline ne va tarder à arriver. Un quart d'heure plus tard elle est là. Elle semble ravie d'être avec nous, elle écoute Anthony qui gratte sa guitare et nous fredonne quelques airs mélodieux.
Puis je prends la relève et je chante mes deux premières chansons.
Pour finir, Anthony et moi chantons notre tube en duo.
Pauline nous applaudit! Ensuite on se raconte un tas de choses.
Pendant le repas, elle me demande de passer l'intégralité de mon album pour connaître les autres chansons. Elle me dit que ma propriété est superbe, surtout la piscine et la terrasse. Nous avons passé une super journée, elle nous remercie pour notre accueil et repart à Perpignan. Les jours passent et le 27 arrive .

J'attends impatiemment le journaliste pour ce second interview. Moins d'une heure après, ça sonne. C'est lui.

- Bonjour madame, bonjour monsieur.
- Installez-vous monsieur, je vous écoute.
- Madame Lombart, vous avez 52 ans, vous venez d'écrire un livre qui rencontre beaucoup de succès, dans votre ouvrage le personnage vit un amour spirituel que vous avez assimilé à votre propre vie. Diriez-vous encore aujourd'hui que ce personnage est fidèle à votre nouveau style de vie ?
- Mon comportement est toujours le même, oui je vis aisément mais je reste moi-même, tout simplement.
- Vous me dites que vous vivez aisément, aujourd'hui pouvez-vous vivre uniquement de votre travail ?
- Comment je me serais achetée cette propriété si je n'en avais pas les moyens. Oui je le reconnais, c'est grâce à mon livre d'abord, puis le film qui rencontre aussi beaucoup de succès, sans oublier les clips, les singles et tout dernièrement mon album que je vis dans l'aisance aujourd'hui. Je vous le répète une fois de plus, je vis de mon travail, je vis très bien et j'en suis fière !
- Bien. Pour passer à autre chose, y a t-il des intervenants qui vous sont indispensables pour créer vos œuvres artistiques?
- Écoutez monsieur, tout d'abord, je tiens à vous dire que toutes les paroles que je fais sortent de mon cœur, je voyage par l'esprit et j'écris. Rappelez-vous qu'il y a déjà eu un interview, je vous répète donc ce que j'ai dit à votre collègue, tout a commencé au puits de Carcassonne. Les intervenants qui me sont indispensables sont surtout l'éditeur, le producteur pour le film ainsi qu'Anthony et Auguste qui m'ont encouragé à aller plus loin. En tant qu'auteur, compositeur et interprète, Anthony m'a beaucoup aidé et il a composé toutes les musiques de mon album.
- Est-il important pour vous de montrer toutes vos œuvres au grand public ? Si oui, pourquoi ?
- Pour moi c'est très important, c'est inné, ça fait partie de ma vie. Je voulais me faire connaître du public pour partager mes envies, mes passions, faire connaître aussi cette force que l'on a en soi qui nous permet d'atteindre notre objectif quoi qu'il nous en coûte.
- A travers votre livre, quel est le message que vous voulez

transmettre à vos lecteurs ?

- Je veux surtout transmettre à mes lecteurs un message d'espoir, rien n'est jamais perdu ! Hier encore, on me décourageait, on ne croyait pas en moi, pour les autres j'étais anormale de vivre cet amour spirituel ! Aujourd'hui, après avoir lu mon histoire beaucoup me comprennent et me témoignent de la gratitude par des mails que je reçois par de nombreux fans.

- Je vous remercie pour votre réponse qui éclairera d'avantage les lecteurs. Maintenant, pourriez-vous nous dire l'importance que vous accordez à la finition, à la présentation de vos œuvres, que ce soit pour le livre, le film qui retrace votre parcours ou pour les deux clips que vous avez réalisés ?

- Ce n'est pas moi qui en ait le mérite, je ne m'occupe ni de la finition ni de la présentation. Moi je ne m'occupe que de créer les paroles, que ce soit pour le livre ou les chansons. L'éditeur, le producteur, la maison de disques s'occupent du reste.

- Êtes-vous autodidacte ?

- Oui j'y suis. L'imagination fait rêver et me fait écrire mon histoire.

- Bon, cette interview est terminée, je vous remercie madame, merci pour nos lecteurs aussi, j'espère que votre réussite se poursuivra. Au revoir.

- Au revoir monsieur.

Je ne lui dis pas un mot de plus, ce journaliste voulait tout savoir. Il m'a posé des questions auxquelles j'avais déjà répondu lors de la première interview. Enfin tranquille !

- Anthony ! Si tu avais eu des interviews, comment aurais-tu réagi ?

- Ah si tu savais Mireille ! Même en tant qu'amateur j'ai déjà été interviewé deux fois. J'ai esquivé certaines questions comme tu as su le faire. Allez, passons à autre chose. Et si on allait sur internet consulter si notre nouveau clip plaît aux fans ?

- Oui, ça nous changera les idées.

Nous allons voir et nous sommes contents du résultat. Nous avons beaucoup plus de fans qu'avant, Cette chanson en duo nous réussit ! Nous soupons, nous regardons un beau film puis je dis à Anthony :

- Pourquoi n'irions-nous pas faire un tour à la plage ? Ça nous changerait que d'être à la maison.

- Oui, on prend la voiture et on y va, pourquoi pas à Narbonne ? Avant de partir nous prévoyons de prendre deux serviettes chacun que nous mettons dans un sac. Nous faisons la route et arrivons à Narbonne-Plage. Nous enlevons nos chaussures et nous mettons des sandalettes pour marcher sur le sable. Pas loin de l'eau nous étalons nos serviettes et nous nous allongeons. Amoureux l'un de l'autre, on s'enlace et on s'embrasse. Après ce long baiser, main dans la main, nous courons pour aller nous baigner. On s'amuse comme des gosses ! puis nous repartons nous allonger. Nous restons à la plage pendant plus d'une heure à s'amuser, à rire, à s'embrasser... nous nous rhabillons pour aller marcher le long du littoral et nous faisons les boutiques qui sont encore ouvertes la nuit. Nous nous faisons plaisir par l'achat de nouveaux vêtements puis nous allons chez le commerçant d'à côté pour acheter un chapeau et une nouvelle paire de lunettes de soleil. Nous reprenons la marche le long du littoral. C'est un endroit où il y a beaucoup d'estivants.

Nous nous installons à une terrasse, je commande deux boissons très fraîches et deux bonnes glaces, je prends une pêche melba et Anthony prend une banana split. Nous continuons notre promenade. Arrivés sur une grande place il y a un orchestre. Comme d'autres, nous écoutons et regardons un groupe composé de deux chanteuses et leurs musiciens. Dans l'ensemble, ce n'était pas mal. Nous passons une très bonne soirée puis nous repartons à Béziers.

Après une bonne nuit de sommeil une nouvelle journée commence. Je reçois un appel téléphonique.

- Oui allô, qui c'est ?

- C'est moi Alain.

- Pourquoi m'appelles-tu ?

- C'est pour prendre de tes nouvelles. J'ai appris que tu avais une propriété à Béziers. En ce moment je me trouve à Perpignan.

- Je t'ai écrit, tu n'as pas eu mon invitation ? Parce que je n'oublie pas ce que tu as fait pour moi.

- Tu sais Mireille je bouge beaucoup en ce moment pour mon

travail.

- Étant donné que tu n'es pas loin de Béziers, n'aurais-tu pas un petit moment pour venir chez moi ?

- Volontiers, es-tu là en début d'après-midi ?

- Oui, pas de problème, je t'attends. À bientôt.

Je dis à Anthony qu'Alain va venir et qu'il faut aller chercher quelques boissons et de quoi préparer un bon repas. Je pars faire les courses rapidement et, de retour, je prépare le repas pour le soir. Alain est là comme prévu en début d'après-midi. Il me dit :

- Mireille, je suis très content que tu m'invites dans ta nouvelle demeure. En ce moment je prépare un nouveau film. Je l'écris, je le réalise et je fais le montage. Je serai également le producteur, c'est beaucoup d'argent en jeu, je prends de gros risques alors j'espère qu'il aura beaucoup de succès.

- Je l'espère pour toi.

- Allons à la terrasse, on y sera mieux. Il fait chaud, allongez-vous dans les transats, mettez-vous à l'aise. Fais comme chez toi Alain, profites de la piscine avec Anthony. Je reviens, je vais aller chercher des serviettes de bains et quelques boissons fraîches.

Dix minutes après, je leur dis :

- Venez ! Nous allons boire un verre. Tenez, prenez vos serviettes. Nous discutons de mes chansons ainsi que du nouveau film que prépare Alain. L'après-midi est vite passée. Je prépare la table à la terrasse, Nous prenons chacun deux apéritifs, Alain me dit que bientôt je serai amenée à faire des concerts.

Je lui demande :

- Comment peux-tu savoir cela ?

- C'est logique, tu as fait un album, il faut espérer que tu te fasses plus de fans, ils peuvent te propulser de l'obscurité à la gloire ! Il faut espérer aussi que tu vendes plus d'albums, avec des concerts tu seras mieux connue.

- Ah lala Alain, tu es sur que tu n'as bu que deux apéros ? parce que d'abord je suis déjà un peu connue, me dire que je suis dans l'obscurité tu exagères, c'est pas sympa, de là à passer à la gloire !!!

- Mireille sers-moi un troisième apéro s'il te plaît !

Pendant que j'avais le dos tourné, la bouteille était passée des trois

169

quarts à la moitié de son contenu. Alain me dit en riant gaiement :

- Mireille, tu auras le privilège d'être sous le feu des projecteurs, signer des autographes avec tes fans, répondre à leurs questions, prendre des photos avec eux.

Pour chanter tu seras dans une tenue très, très... très sexy.

- Bon, tu bégaies, j'enlève la bouteille, je crois que tu y vas un peu fort, tu dois prendre la route après.

- Ah bon ? je dois prendre le route ? je pensais dormir dans ta demeure, et laisses la bouteille s'il te plaît!

Je vais chercher le repas que j'ai préparé le mâtin. Je reviens et je regarde sur la table, la bouteille était couchée et bien sur, vide.

Je ne vois plus Anthony ni Alain, je me demande où ils sont passés. Je les entends qui me disent :

- Mireille, viens, viens avec nous à l'eau !

- Non mais vous êtes cuits ou quoi ?

- Non, nous ne sommes pas cuits, nous avions une petite soif ...

Ils restent comme ça pendant plus d'une heure dans la piscine. Pendant ce temps là je mange tranquillement. Ils sortent de l'eau et viennent à table. Alain me dit :

- Alors Mireille, il n'y a rien dans les assiettes ! Où est le bon plat que tu nous as promis ?

- J'ai tout mangé. Non, c'est une blague, je vous sers.

Anthony ajoute :

- Mireille, ramènes-nous deux bouteilles de Saint-émilion.

- Oh, la politesse ça existe, tu me dis s'il te plaît quand même ! Et deux bouteilles ça fait beaucoup, une seule suffira !

Alain réponds aussitôt :

- Ah ça n'est pas vrai, on ne peut même plus faire la fête ! S'il te plaît s'il te plaît, allez, deux deux... bout...

Alain bégayait et marchait en reculant. Il vient de tomber dans la piscine. Anthony l'a aidé comme il pouvait à sortir de l'eau.

Je leur dis avec fermeté :

- Bon, venez à table ! On ne discute plus et vous mangez !

Alain ajoute malgré tout :

- Mais, on n'a même pas une bouteille à boire en mangeant.

Je sais pas ce qu'il m'arrive, j'ai la gorge sèche, et toi Anthony ?

Anthony ne répond pas et Mireille dit à Alain :

- C'est bien pour vous faire plaisir, une mais pas deux.Vous allez manger tous les deux, et toi Alain tu restes ici.
Après le repas tu vas dans la chambre d'amis, tu te reposes et demain tu reprendras la route pour Perpignan.
Après une bonne nuit de sommeil, je suis la première à me lever. J'entends Alain qui ronfle très fort. Il faut que je le réveille car il doit être à Perpignan tôt le mâtin. Je toque à la porte de sa chambre, je l'entends grommeler, il se réveille. Peu de temps après il ouvre la porte encore en maillot de bain. Je le vois faire demi-tour et se regarder dans le miroir. Il me dit :
- Mais qu'est-ce que je fais ici et pourquoi je suis encore en maillot de bain ?
- Tu oublies vite. Un litre d'apéro et une bouteille de vin pour vous deux ! Tu étais saoul, plus qu'Anthony, tu es même tombé dans la piscine en réclamant deux bouteilles.
- Je ne me souviens plus de rien. Après, je dois te parler Mireille. Pendant qu'Alain prend sa douche je vais voir si Anthony dort encore. Il est réveillé et je lui décris l'état d'Alain. Anthony va prendre sa douche à son tour, Alain revient vers moi.
- Tu sais Mireille, il faut que tu prennes l'initiative de contacter un entrepreneur de spectacles pour tes concerts. Tu auras plus de fans et les ventes de ton album seront multipliées !
- Ah oui, tu ne te rappelles même plus ? Tu m'en as déjà parlé hier, mais pas de la même façon. Tu m'as dit qu'avec mon album j'aurai plus de fans qui vont me propulser de l'obscurité à la gloire !
- Ah bon, je t'ai parlé comme ça ?
- Oui, déjà d'une je ne suis pas dans l'obscurité je suis un peu connue, ensuite pour la gloire, je ne suis pas Johnny Hallyday !
- Ah excuses-moi Mireille, j'ai du boire un peu trop. Bon, il faut que je me dépêche car pour dix heures j'ai un rendez-vous.
Si nous prévoyons de faire des concerts, c'est sur que je devrai faire beaucoup de répétitions, j'espère que je n'aurai pas trop le trac. D'ailleurs il faut y croire et puis, je ne serai pas seule sur scène, il y aura les musiciens et Anthony qui chantera avec moi. Il s'agit d'une chanson que l'on a déjà enregistrée en clip « nos deux cœurs ».
Je m'adresse à Alain :

- Tu vas prendre le petit déjeuner avec nous et je te laisse partir. Nous déjeunons à trois, on se fait la bise et Alain s'en va.

Je dis à Anthony :

- Bon il faut prévoir mes concerts, toi qui est dans le métier depuis longtemps, tu vas m'aider.

- Pas de problème Mireille, je vais t'aider. Déjà je vais te faire de la pub sur Facebook et d'autres sites ainsi qu'à travers ton fan club sur internet. On préviendra la Sacem quand on aura les dates etc. Je m'occupe de tout.

- Tu es très gentil Anthony mais on fait quoi en attendant ?

- Mireille tu sais très bien ce que tu dois faire.

- Mais oui je sais très bien, je dois répéter et répéter toutes mes chansons. Mais Anthony, j'aimerais bien répéter mais avec tes potes, et là ça serait chez moi. Je me mettrais plus vite dans le bain d'être avec tes musiciens. Appelles-les s'il te plaît et demandes-leur de venir avec quelques instruments.

- Pas de problème Mireille, je les appellerai dans l'après-midi, en attendant allons nous allonger dans la chambre, mais attends, allons d'abord prendre une douche. Deux heures plus tard nous sortons de la chambre. Nous nous préparons et nous partons en ville manger dans un restaurant. Après le repas, pendant le café, Anthony prend son téléphone et appelle.

- Allô Andy ?

- Ah c'est toi Anthony.

- J'ai besoin de vous quatre et le plus vite possible. Est-ce que tu pourrais prévenir les autres aujourd'hui s'il te plaît ? Il faudrait que vous veniez avec tout votre matériel, vous seriez logé chez Mireille, vous savez très bien qu'elle a fait un album qui est en vente et que dans deux mois elle donnera cinq concerts. Elle aimerait répéter avec vous pendant quelques semaines. Rappelles-moi pour me dire si vous êtes disponibles et si oui, quel jour ?

- Je te rappelle dans une heure.

Une heure est passée, Andy le rappelle.

- Anthony, j'ai prévenu tout le monde, nous serons dans trois jours chez Mireille avec tout notre matériel. Bon je te dis à bientôt, good bye.

- Au revoir Andy, à bientôt.

Anthony me dit:

- Mireille, nos amis arrivent dans trois jours, on devrait faire le ravitaillement.

- Si tu veux, allons-y maintenant.

Pendant ces trois jours d'attente, je m'occupe de préparer les chambres d'amis et Anthony s'occupe de la terrasse et des parterres fleuris. Il m'offre un bouquet de très jolies fleurs qu'il vient de cueillir. C'est très chaleureux de sa part, ça m'a ému. Pendant quelques heures Anthony prend sa guitare et je répète avec lui quelques unes de mes chansons. Je suis heureuse qu'Anthony fait venir ses musiciens rien que pour moi.

Çà m'arrange bien de répéter dans d'aussi bonnes conditions.

Le téléphone sonne, c'est Andy qui dit à Anthony qu'ils sont en route et qu'ils seront là en fin de journée. Je prépare le repas du soir pour leur arrivée. Les heures passent, des grands coups de klaxons se font entendre, ils sont là.

Andy, Jim, Georges et Andrew crient Hello et s'avancent vers nous. Anthony leur répond le premier :

- Très content de vous voir ! Mireille vous attend avec impatience. Allez vous installer à la terrasse.

Andrew dit à Anthony :

- Mais où se cache Mireille ? Je croyais qu'elle m'attendait avec impatience !

- D'abord elle ne t'attend pas toi spécialement mais le groupe, et elle est à la piscine.

- Oh okay, elle n'a pas besoin de moi ? Je vais aller la rejoindre...

- Andrew, arrêtes un peu avec Mireille, c'est bon, ça va comme ça.

Quelques temps après j'arrive toute souriante.

- Comment allez-vous ? On s'embrasse ! Très contente de votre présence ! Après cette longue route je suppose que vous avez soif, je vais vous chercher un rafraîchissement et ça ne sera pas à base d'alcool !

Georges et Andrew répondent en même temps que je ne suis pas sympa. Ils n'apprécient pas les jus de fruits que je leur propose. Ils devront s'en contenter pour le moment. Ils installent leur matériel sur la terrasse et par prudence ils le protègent avec des bâches en cas de pluie. Pendant ce temps-là je prépare la table et je m'occupe du repas.

Je mets quand même des bouteilles au frais pour l'apéro et quelques bouteilles de vin à chambrer. On s'installe tous à table et j'apporte quelques bouteilles d'apéritifs variés.

Bien sur je suis applaudie, surtout par Georges et Andrew.

Pour qu'ils soient raisonnables, j'enlève de table les bouteilles après deux apéros puis j'amène l'entrée. Par la suite je sers le plat principal accompagné d'un vin rouge. Je leur propose le dessert et tout le monde se met à discuter de mille choses, des prochains concerts... Au cours de la conversation Jim me dit :

- Comme tu nous acceptes chaleureusement chez toi, nous n'aurons pas besoin d'aller à l'hôtel, merci beaucoup, elle est superbe ta propriété. Tout à l'heure, nous avons décidé de t'offrir nos services gratuitement pour les répétitions, pour nous ça sera des vacances dans le sud. Et puis nous sommes amis !

- Je suis très touchée de ce geste, c'est très gentil de faire ça pour moi, vous avez beaucoup de cœur.

Nous sommes tous fatigués et nous allons nous coucher. Tôt le matin, je suis réveillée par des bruits et je me lève. Encore en chemisette je vais voir dans la cuisine. Je vois Georges assis à table et Andrew la main dans le frigo en train de sortir une bouteille d'apéritif ! C'est plus fort que moi, je leur dis :

- Mais qu'est-ce que vous faites ici ? Et toi Andrew, à six heures trente tu bois déjà ! Remets ça où tu l'as trouvé !

- Oh my god, ne t'inquiètes pas, j'assumerai pour ta musique !

- J'y compte bien, mais n'abusez pas.

Tout le monde se réveille à cause de cette chamaillerie. Certains prennent leur douche, d'autres déjeunent ... Pendant trois jours d'affilée nous répétons chaque après-midis. Le quatrième jour, levés très tôt, je leur demande s'ils veulent aller au lac de La Cavayère.

Ils me disent qu'ils sont d'accord. Chacun prend sa serviette de bain, je prépare la glacière et nous partons au lac. En moins d'une heure trente nous arrivons. Nous commençons par une randonnée pédestre tout autour du lac qui dure plus d'une heure.

Nous décidons ensemble de faire quelques activités. D'abord, nous faisons de l'accrobranche sauf Jim qui a le vertige et se contente de nous regarder.

A un moment donné je sens que je vais chuter, Andrew pas loin derrière moi secoue les branches auxquelles je m'agrippe, heureusement que je suis protégée. D'ailleurs, Anthony est encore obligé d' intervenir pour calmer Andrew. C'est très physique l'accrobranche. Nous sommes fatigués et nous arrêtons au bout d'une heure. Il fait très chaud, nous sommes assoiffés, Jim part chercher la glacière. J'avais mis quelques cannettes de bière et des jus de fruits. Je fais le service. Je vois Andrew s'abaisser pour ramasser quelque chose par terre et le remettre très rapidement dans sa poche. Je m'approche vers lui et je lui dis :

- Qu'est-ce que tu as fait tomber de ta poche ?

- No, rien d 'important.

Puis Andrew dit à tout le monde :

- Alors on va faire quoi maintenant ? Pourquoi ne pas faire du surf-bique comme ces gens que je vois au loin ? Seriez-vous d'accord ?

Tout le monde répond oui. Jim lui demande :

- C'est quoi le surf-bique ?

- C'est une planche avec une selle, un pédalier et un guidon tout simplement.

Je ramène la glacière à la voiture et je reviens. Nous louons tous des surf-biques, nous mettons nos gilets de sauvetage puis nous commençons à avancer. Du coin de l'œil sans détourner la tête, je vois Andrew qui glisse la main à l'intérieur de son gilet. Curieuse comme je suis, je pédale plus vite en sa direction et je lui parle.

- Andrew, que fais-tu là, tu as soif ? Tu bois de l'eau ?

- Yes, it's water !

Je m'éloigne et je vais vers Georges.

- Çà va Georges ? Pas trop fatiguant de surfer ?

- Aie, aie, aie, j'ai mal aux mollets.

- Si tu as trop mal, fais demi-tour et arrêtes.

- Non, c'est trop bien de faire du surf-bique, je continue mais doucement.

Je me dirige vers Jim. De loin je le vois à l'écart, au lieu de nous suivre il prend une autre direction. Je fais un signe de la main à Anthony qui ne s'en occupe pas et poursuit son chemin vers Andy.

Je me retrouve donc seule au milieu du lac. Andrew est dans son coin et boit de l'eau, Jim est parti voir les filles de l'autre côté et Georges très complice d'ailleurs avec Andrew se dirige vers lui. Je trouve bien curieux que même sur le lac Andrew et Georges semblent inséparables. Je me souviens avoir vu Andrew avec une bouteille d'eau dix minutes plus tôt. Pfft j'ai chaud, je fais une halte en plein centre du lac. De loin j'entends des canards sauvages qui cancanent sur un îlot qui sert de réserve. Je pédale rapidement et j'arrive prés de Georges. Bien sur Andrew est déjà à ses côtés. Je leur parle :

- Fa, vous êtes inséparables tous les deux !

Georges me répond :

- No no, ce n'est pas ça, c'est que l'on aime bien discuter ensemble comme des potes.

- Vous êtes sur que c'est juste pour ça ?

Andrew et Georges me prennent pour la dernière des idiotes c'est sûr. Plus maligne qu'eux je ne dis rien, je les laisse s'éloigner et je reviens discrètement pour les épier. Qu'est-ce que je vois ! Andrew et Georges tenant chacun une bouteille d'eau à la main tout en riant. Je m'approche encore un peu plus et, par surprise, je leur fais une tape amicale sur l'épaule. Ils sursautent et se retournent vers moi. Je leur dis :

- Alors, ça va ? Vous avez fait un break ! Vous pouvez me passer un peu d'eau parce que j'ai soif moi aussi ?

Georges me répond :

- Non Mireille, ma bouteille est vide et celle d'Andrew aussi.

- Ce n'est pas grave, il reste peut-être quelques gouttes au fond de la bouteille, j'ai soif, passes-moi là.

Je ne sais pas pourquoi, ils ne me passent pas la bouteille. J'ai tellement soif que j'arrache des mains de Georges la bouteille qui n'était pas vide. A la première gorgée c'est radical, je crache aussitôt, ça me brûle le palais.

- Mais qu'est-ce qu'il y a là-dedans ? Ce n'est pas de l'eau, c'est du whisky pur ! Ah voilà pourquoi vous ne m'avez pas donné la bouteille, je comprends mieux. Maintenant que vous avez bien bu, vous allez m'écouter. Finissez si vous voulez votre bouteille et suivez-moi ! On va chercher Andy, Jim et Anthony.

Georges me répond :

- Tu as l'intention de faire quoi ?

- Tous ensemble on va faire une course de surf-biques.

Andrew finit sa bouteille d'un trait et ils me suivent pour rejoindre les autres. Andy n'était pas seul, il a fait la rencontre d'une jeune femme. Il nous la présente, elle s'appelle Lisa. Je leur dis :

- Bon, vous allez tous vous aligner. Vous voyez le gros rocher là-bas, à environ trois cent mètres ? Le dernier qui arrive paie une tournée générale ! Attention au chrono, cinq, quatre, trois, deux, un, partez !

Andrew et Georges pédalent comme des escargots, Andy et Lisa sont en quatrième et cinquième positions, je suis troisième, Anthony est deuxième et Jim est en tête. Georges dit à Andrew :

- Oh mais arrêtes de me serrer, on va finir par tomber à l'eau !

- Ne t'inquiètes pas, ça ne risque rien.

D'un seul coup on entend crier Georges.

- Help me ! help me ! Je ne sais pas nager.

Nous essayons de le rejoindre mais Andrew, juste à côté, plonge et le repêche aussitôt. Les secours arrivent et prennent le relais, ramenant Georges au bord du lac. Heureusement, Andrew savait nager !

Nous le rejoignons, nous avons tous eu peur pour lui. A cause de la chute il n'y a pas de perdant pour payer la tournée.

Si Georges et Andrew n'avaient pas bu autant il n'y aurait pas eu d'accident. Nous nous installons dans un coin tranquille pour nous relaxer. Andy et Lisa sont un peu à l'écart en train de se bécoter tandis que nous discutons pendant quelques heures. Jim et ses potes nous rappellent qu'ils sont passés prés de la cité de Carcassonne et nous demandent si on peut y aller. Anthony leur répond :

- Oui pourquoi pas ? Attendez, je demande à Mireille si elle est d'accord.

Il me demande :

- Mireille, nos amis musiciens voudraient visiter la cité de Carcassonne.

- Allez on n'attend pas ! On prend les voitures et on file !

Nous partons tous à la cité. Nous franchissons une porte grande

comme celle d'un château et nous montons les escaliers pour arriver dans les rues étroites de la cité. Anthony connait déjà puisque c'est un enfant du pays, quand il avait fait un concert sur la place de Carcassonne il n'avait pas les mêmes musiciens.
Nous longeons une petite rue et nous arrivons au grand puits.
Je leur raconte en détails la légende du puits. Andrew nous dit :
- Oh my god !
Jim regarde, plonge la tête vers le bas. Il ne voit rien mais il s'écrie :
- It's black here !
Andy tourne autour du puits trois à quatre fois. Georges court se rendre à un magasin, nous l'attendons. Il revient avec de la ficelle et un objet creux. Il relie l'objet avec la ficelle et plonge le tout dans le puits. Nous rigolons de ce jeu. Il remonte l'objet et s'aperçoit qu'il y a de la boue et une pièce qui paraît très ancienne.
Il s'écrie :
- Regardez ! Il y a une super pièce ancienne dans mon récipient.
Comment a t-il pu avoir cette pièce ? Son récipient a du s'accrocher à une pierre et la pièce est tombée dedans.
Georges ajoute :
- J'ai voulu avoir de l'eau et j'ai péché une pièce !
Il me dit :
- Regardes Mireille, comme elle brille, on dirait même que c'est de l'or. Oh my god, c'est de l'or. Quand j'aurai le temps j'irai voir un expert pour connaître de quelle année elle est, et surtout connaître sa valeur.
Nous étions tous figés sur la découverte de Georges. Tous joyeux, nous continuons notre chemin jusqu'au bar à vin. Chacun paie une tournée puis nous allons aux remparts qu'ils apprécient. Nous les invitons dans un petit restaurant. Les quatre musiciens ont aimé la cité, surtout Georges qui a trouvé une pièce qui, peut-être, a de la valeur. Nous rentrons à Béziers.
Le lendemain mâtin les musiciens et Anthony préparent la sono.
Je prends le micro et je répète tout le répertoire de l'album.
Accompagnée de nos amis je travaille ma voix quatre à cinq heures tous les jours. En dehors des répétitions nous prenons plaisir d'aller à la plage certains soirs pour nous détendre.

Georges est allé voir un expert, sa pièce date de l'époque romaine, c'est un Solidus d'Honorius de l'an 402 après J.C. L'expert a dit à Georges qu'il estimait cette pièce entre mille deux cent et mille cinq cent euros. Georges nous a dit haut et fort que s'il avait rempli son récipient de pièces comme celle-ci il aurait été riche. Dans l'ensemble il y a eu une bonne ambiance, à part les quelques excès commis par Georges et Andrew. Ces trois semaines se sont vite passées. J'ai remercié nos amis et nous nous sommes tous fait la bise avant de se quitter. On se téléphonera car bientôt ce sera ma tournée de cinq concerts. Avec Anthony nous poursuivons les répétitions en duo. Je vais sur internet pour voir si les cinq concerts ont été commentés. Et bien je suis heureuse, plus de deux mille deux cent personnes ont cliqué sur « j'aime ». Soixante-dix personnes ont commenté. Je vous en cite un qui était anonyme : « Je vous ai écouté, regardé avec votre nouveau single en duo, ça m'a plu ! J'espère que lorsque j'irai vous voir au concert, je serai enchanté. Bonne chance et à bientôt. J'espère avoir un autographe sur la pochette du single ». Je dis à Anthony :
- Fa, Il y a quand-même pas mal de gens qui aiment ce que nous faisons, plus de deux mille deux cent personnes aiment et soixante-dix ont commenté, c'est pas mal !
- Mireille, tu vois, comme tu le disais toi même, avec du temps, sans t'être pressée, tu as maintenant plus de fans que moi.
- Je verrai bien le jour venu, la salle sera vide ou peut-être pleine ! Pour moi ça sera la première fois que je vais faire des concerts, en plus tu vas chanter avec moi sur la scène. Et dire qu'à Marseille, si je n'avais pas été aussi émue, j'aurais déjà pu monter sur scène avec toi !
- Oui c'est vrai Mireille, tu étais trop émue.
Les semaines s'écoulent. Lors d'une répétition le téléphone sonne. Je réponds :
- Oui allô, ah je reconnais ta voix, c'est toi Andrew. Qu'est-ce qui se passe ? Nous devions justement vous appeler car dans quelques jours nous faisons la petite tournée de mes concerts.
- Je le sais Mireille, mais je ne te téléphone pas pour ça mais pour prendre de vos nouvelles. J'espère que vous avez continué à répéter les chansons.

- Oui, nous étions justement en train de le faire.
- Bientôt nous serons ensemble, et là Mireille, je ne vais pas faire d'excès d'alcool. Çà va te faire drôle pour ton premier concert.
- Oui sûrement Andrew, s'il y a du monde ça sera pour moi un grand bonheur .
- Mireille, gros bisous à vous-deux et à bientôt.
- Bisous à toi, bisous à vous-tous de ma part.

Anthony et moi nous profitons de faire quelque ballades en amoureux. Dans les chemins de terre, ensemble nous ramassons des fleurs sauvages et nous marchons comme ça pendant des heures. Cette promenade nous procure beaucoup de sensations, nous sommes très heureux. On s'échange beaucoup de sentiments et de tendresse, on s'aime !

Nous nous préparons et partons pour Lyon. Arrivés, nous sommes conduits par un responsable dans une salle de taille moyenne. Les musiciens arrivent une heure après nous. Faute de techniciens nous installons le matériel, quelques amis d'Anthony qui sont venus pour nous aider s'occupent de régler la sono, les projecteurs etc. Avec Anthony nous attendons dans une petite loge, les musiciens sont sur scène. En regardant sur le coté j'aperçois déjà quelques personnes qui attendent. Ça me fait plaisir. Anthony est content pour moi, pour lui ce n'est pas la première fois, l'effet n'est pas le même que pour moi. Avant le concert nous avons mangé tous ensembles dans une salle à côté de la loge.

Un journaliste est venu pour nous poser quelques questions pour le journal local. Pour l'occasion, j'ai changé de look, de maquillage... Enfin, je suis métamorphosée. Le look d'Anthony est raffiné, une belle chemise blanche avec un pantalon a la mode, il est chic. L'heure approche, il y a beaucoup plus de personnes que je ne l'aurais cru. La petite salle est presque complète, plus que quinze minutes d'attente. Nous sommes tous prêts. J'ai le trac mais je sens que ça va aller mieux quand je serai sur scène, du moins je l'espère.

Çà y est, le concert commence. Je reçois des applaudissements dés le premier tube, je chante pour la première fois avec mon amour en public. Je suis heureuse et le public est enchanté. J'ai été heureuse tout au long du concert qui a duré une heure trente-cinq.

Le concert terminé, quelques fans sont venus à la loge nous demander des autographes. Par la suite, nous avons mangé dans un restaurant du coin et bien sur, nous avons pris le verre de l'amitié. Ces cinq concerts dont chacun dans une ville différente, m'ont donné du baume au cœur. Ensuite chacun a repris sa route, les musiciens sont repartis en Angleterre quant à moi et Anthony nous sommes allés à Béziers.

Comme je dispose de plus d'argent, je propose à Anthony un séjour à Venise. Il me répond :

- J'irai où tu iras mon amour, je te suivrai partout car je t'aime.

- Moi aussi mon amour, je t'aime.

Ensemble nous cherchons sur internet un endroit pour nous installer à Venise. Nous choisissons un luxueux hôtel cinq étoiles, le Moreso. Nous réservons notre ticket d'avion « Marseille-Venise. » Avant de partir nous faisons les boutiques pour nous acheter des nouvelles fringues ainsi que deux nouvelles valises. Nous serons à Venise au grand carnaval, ce lieu où tous les amoureux se retrouvent, j'espère que ces quelques jours seront inoubliables. Le grand jour est arrivé, nous prenons la voiture pour aller jusqu'à l'aéroport de Marseille. L'avion est complet, ça me fait un drôle d'effet de voler car c'est la première fois. Beaucoup de temps d'attente dans les aéroports mais enfin ça y est, nous sommes à Venise. Nous déposons nos bagages dans notre chambre d'hôtel qui dispose d'un super lit à baldaquin. Je regarde par la fenêtre car j'entends crier et chanter ... c'est le carnaval. Nous y allons. Nous assistons à un défilé qui se termine à la place Saint-Marc, puis nous apprécions un spectacle théâtral avec un thème du quinzième siècle. Au bout de quelques heures, nous avons envie de nous déguiser. Nous louons deux costumes et leurs masques qui seront livrés à l'hôtel. Anthony sera un prince et je serai sa princesse. Demain il y a le concours des plus beaux costumes et masques. En fin d'après-midi nous assistons à un spectacle de danse aérienne, ensuite nous allons manger dans un super restaurant, la Riviera. C'était excellent, heureusement car c'est le meilleur restaurant de Venise. Il y a une soirée musicale animée par des disc-jockeys qui mettent l'ambiance. Il est tard, c'est le moment du feu d'artifice, il est grandiose !

Nous terminons ainsi cette première journée et nous retournons au Moreso. A la réception, on nous donne les costumes qui ont déjà été livrés. Nous essayons les costumes qui nous vont très bien. Nous nous amusons dans le lit un moment et nous les rangeons soigneusement pour le lendemain. Anthony va chercher dans le mini-bar deux petites bouteilles de Champagne, nous trinquons pour un avenir heureux en espérant que le succès durera le plus longtemps possible.

Le lendemain mâtin je téléphone pour le petit-déjeuner.

Dix minutes après un groom de service tout habillé en rouge et vêtu d'un chapeau de service frappe à la porte et s'annonce :

- Service d'hôtel, le petit-déjeuner est prêt.

- Posez le plateau sur la petite table s'il vous plaît.

Nous déjeunons et ensuite je téléphone pour faire venir un coiffeur qui fait une coupe à Anthony puis me fait un brushing. Nous allons nous balader dans Venise. Pendant que nous sommes à une terrasse, il s'absente une petite demie heure et revient.

Je lui demande la raison de son absence, il me répond que c'est une surprise. Quelques heures plus tard nous retournons à l'hôtel mettre nos costumes du dix-septième siècle et nous rejoignons les autres à la place Saint-Marc.

Il est encore trop tôt pour le concours alors Anthony me propose d'aller faire une ballade romantique en gondole. Nous avons de la chance, pas d'autre client, nous ne sommes que deux.

Anthony loue une gondole avec un musicien qui nous joue une sérénade le long du grand canal. Bras dessus bras dessous nous nous embrassons sous les airs mélodieux du musicien. Il joue une romance rien que pour nous, c'est un moment magique, d'autant que nous sommes déjà vêtus en prince et en princesse !

Nous sommes tellement bien que nous demandons au gondolier de prolonger cette ballade. Les quarante premières minutes sont consacrées à la tendresse, aux baisers, nous sommes encore plus amoureux ! Pendant le reste de la ballade, nous admirons l'architecture de Venise qui est comme nulle part ailleurs.

Les fenêtres de style vénéto-bysantin sont magnifiques, nous apprécions les styles romain, baroque et gothique.

Cette ballade nous a ébloui, nous étions aux anges.

Par la suite nous allons rejoindre une foule de participants pour le concours.

Ma robe est magnifique, elle est faite d'un tissu raffiné de couleur blanche argentée avec des dorures princières sur les côtés. J'ai un beau chapeau assorti avec le masque. Le costume d'Anthony est très beau également, une superbe étoffe de soie rouge et noire avec un chapeau d'époque. Il a fière allure ! Le concours commence, nous marchons dans tous les sens sur la place, nous sommes remarqués et nous sommes élus le septième couple ayant les plus beaux masques et costumes. Nous sommes fiers d'avoir été choisis. Nous dansons dans les rues, nous rions, nous recevons des confettis, l'ambiance est extra.

Nous réservons la troisième journée pour visiter des musées. Celui qui nous a le plus impressionné est le musée-palais Quérini Stampalia. C'est un vrai palazzo vénitien magnifique, avec des lustres en verre Murano, le mobilier est resté d'époque. Une des pièces du palais est réservé à Gabriel Bella, un grand peintre Vénitien du dix-huitième siècle dont plus de soixante toiles sont exposées. J'ai adoré ces toiles d'un autre temps. Nous sommes allés visiter d'autres musées dont le palais des doges, le musée de la dentelle de Burano, le musée archéologique et le musée d'histoire naturelle. Ces trois journées nous ont beaucoup plu.

Nous sommes repartis en France dés le lendemain mâtin.

Revenus à Marseille nous reprenons la voiture pour aller à Lausanne. Sur la route nous faisons un arrêt forcé car le pneu arrière gauche est crevé par une pointe de plusieurs centimètres. Anthony met la roue de secours et nous allons chez un garagiste faire réparer le pneu endommagé. Nous continuons notre trajet et quelques heures après nous arrivons chez Anthony. Il ramasse le courrier, je m'occupe des bagages. Comme nous sommes fatigués nous mangeons un repas rapide et nous allons dormir.

Le lendemain mâtin, Anthony me dit :

- Mireille, je veux te faire connaître un endroit, la quille du diable et sa légende sur le plateau des diablerets. Il paraît que, lors de temps orageux, des démons sortent de leurs trous et jettent des pierres sur l'éperon montagneux appelé la quille du diable.

- Oui j'aimerais bien y aller, je ne l'ai vu qu'à la télévision.

- Allez, on y va, on prend le camping-car.

Arrivés sur les lieux il gare le véhicule et nous marchons quelques kilomètres. Avant de commencer l'escalade, il me dit :

- Tu te rappelles de mon absence à Venise ? Eh bien la surprise la voilà !

Il m'offre une belle boite bien emballée que j'ouvre avec impatience. C'est une magnifique bague en or ornée de petits diamants. Il me demande d'une voix douce avec des yeux rayonnant :

- Mireille ! Veux-tu vivre avec moi pour toujours ?

Au même instant, j'entends gronder le tonnerre, le ciel se remplit de suite de gros nuages noirs, des dizaines d'éclairs illuminent le plateau des diablerets. Je regarde autour de moi et je m'aperçois que je ne suis ni en Suisse ni avec Anthony. Je suis toujours dans le Nord, seule, allongée sur mon canapé ! Je suis restée là, à penser pendant plusieurs heures, c'était plus fort que moi, avec mon bloc et mon stylo j'ai écrit presque cent pages rien que par l'imaginaire. Cà m'a fait voyager dans un autre univers. Ce violent orage m'a fait sortir de mon imagination. Ce dernier passage à travers l'esprit m'a fait vivre une autre dimension de la vie, bien plus belle et plus agréable. Il m'a permis de faire voyager mon âme et de rêver à cette vie que j'aurais tant voulu. Après tout, ce n'était qu'un rêve éveillé. Je suis toujours seule ! même si je ne suis pas avec cet homme qui m'a touché au plus profond de mon âme et mon coeur, il restera gravé à tout jamais pour l'éternité.

«   J'écris.

J'écris ton nom sur les portes closes,
Les soirs de fêtes,
Aujourd'hui j'inscris cette lettre,
Pour beaucoup de choses,
Pour que chaque instant soit une merveille,
Des hirondelles passent au loin,
Au bout de leurs ailes,
Elles épellent ton nom un soir de fête,
Où chaque instant sera ton sourire,

Où à chaque instant reviendront les rires,
Qui disait jamais qui disait toujours,
Je m'en irai un soir, le soir de gloire,
Où j'aurai enfin compris que renaît l'espoir. »

Et dire que toute mon existence de cet amour spirituel a été guidée dés mon arrivée au grand puits de la cité de Carcassonne !
C'est après ce passage que tout a commencé. D'ailleurs ce puits, aussi appelé le puits des fées, a une légende qui correspond bien à ce que j'ai reçu, à ce que j'ai vécu.
On dit que ce trou béant est comme une porte des enfers, qu'il a donné naissance à des histoires fabuleuses.
Ce lieu hanté par les esprits maléfiques contiendrait les âmes damnées de sept archers que Satan en personne aurait précipité dans le puits.
Par contre, on dit également que le puits, pour contrebalancer les forces négatives, serait protégé par le Divin qui l'aurait doté de neuf muses. Elles seraient les médiatrices entre DIEU et l'humain et inspireraient les mortels dans l'art de la poésie et autres créations intellectuelles.
Dans la conception de l'art, le poète est possédé, transi par DIEU.
Je me rends compte aujourd'hui que j'ai hérité, peut-être, en allant à ce puits, de deux forces contraires. La première qui m'aurait créé tant de tourments, de difficultés dans la vie, mais la seconde, grâce à DIEU, qui m'aurait permis d'obtenir par l'esprit et l'écriture, un bonheur pur et sain. Par l'intermédiaire de l'écriture « ma muse » m'aurait permis de tenir et d'endurer les galères de la vie. J'ai été protégée depuis mon arrivée au puits !
Ce long chemin qui a fait voyager mon âme à travers mon esprit m'a permis de vivre l'imagination d'aimer de tout mon cœur au point d'être poussée à l'écrire et faire cette création.
Croisée d'un passé vécu et peut-être d'un avenir qui me tend les bras, je vais prendre une autre route avec mes pensées d'hier mêlées à de l'espoir pour ... demain.